Sans tabou

W0275048

Mot de l'éditeur

Libertine éditions est la maison érotique qui entend tous vos fantasmes. Ici pas de demi-mesure, toutes les formes de sexualité sont autorisées et assouvies.

Puisque chacun trouve son plaisir dans des scénarios intimes, chaque lecteur trouvera de quoi animer sa libido ou la rallumer.

Entre histoires vraies et fantasmes inavoués, il n'y a qu'un doigt. Du porno au hors-limite, en passant par le BDSM, le SM et plus encore… Masculin, féminin, le plaisir à deux, trois ou plus. Peu importe, seul le plaisir compte !

Pour faire durer vos lectures, vous trouverez nos ouvrages en format numérique, papier, audio, CD, DVD et plus encore.

Que votre lecture soit chaude et enivrante, c'est tout ce que nous vous souhaitons.

Alexandre

Sans tabou

Couverture : **Chloé S.**

© **Libertine Editions** 2021

Avertissement

Texte réservé à un public majeur et averti

Préambule

Chez Lisa et Fred, il se passe de drôles de choses. S'ils vous invitent à pousser la porte, oserez-vous ? Dans leur entourage personnel et professionnel, la perception n'est pas la même. L'un graphiste et l'autre conseiller bancaire la journée, ils s'acquittent de leurs tâches respectives avec sérieux et professionnalisme. Le soir, les week-ends, pendant leurs congés, ils deviennent d'autres personnes, laissant libre cours à leurs envies, leurs désirs, leurs pulsions. Seul un cercle restreint connaît cet aspect de leurs personnalités. Cela permet de ne pas heurter les sensibilités, de ne pas ouvrir la porte à des commentaires, voire des comportements déplacés. En couple depuis huit ans, Lisa et Fred sont plus amoureux encore qu'au premier jour, surtout depuis ces deux dernières années qui ont vu leurs horizons s'ouvrir naturellement. À vingt-sept et vingt-huit ans, ils sont épanouis. Ils profitent pleinement de leur existence, entourés d'amis fidèles et de familles aimantes. D'un commun accord, ils ont fait le choix de profiter pleinement de la vie, avant de fonder une famille à leur tour. Ils ont le projet de faire leur premier enfant vers trente-cinq ans, une fois que leur vie professionnelle sera bien assise et que leur vie personnelle leur aura permis d'explorer les limites de leur sexualité. Complices, ils ont franchi un cap, il y a deux ans. L'un comme l'autre voulait une vie de couple peu conventionnelle. Ayant une attirance pour les deux sexes, ils s'interrogeaient juste sur les contours de la fidélité, lorsque d'autres partenaires interviendraient dans leurs jeux intimes. La liberté sexuelle renforcerait-elle ou détruirait-elle leur couple ?

Aujourd'hui, ils avaient les réponses. Ils s'étaient laissé la possibilité d'arrêter si cela compromettait leur avenir. Leur amour était, à leurs yeux, la chose primordiale. Ils étaient bien ensemble, avaient des projets. Finalement, ils n'avaient pas eu de choix difficiles à faire. Leur complicité était totale. Jour après jour, chacun avait apporté une pierre supplémentaire à l'édifice qu'ils construisaient. Sexuellement, sensuellement, ils exploraient des pratiques que bon nombre de gens réprouvaient, par méconnaissance, par peur ou tout simplement parce que cela ne leur correspondait pas. Pour Lisa et Fred, il était à présent inconcevable de se contenter d'une sexualité de couple classique. La banalité risquait de faire naître une frustration qu'ils redoutaient. Ce qui ne les empêchait pas de vivre une vie à deux dans laquelle le désir de l'un pour l'autre était plus fort chaque jour. Ils avaient juste besoin de pimenter leurs ébats. Souvent, ils passaient des soirées rien que tous les deux. C'était agréable, sensuel, érotique. Il y avait pourtant ce besoin de retrouver leurs partenaires, devenus des amis, un petit groupe qui s'étoffait parfois d'un nouveau membre, pour ne pas tomber dans une sorte de routine.

Leur préférence allait aux trios. Ils raffolaient de ces étreintes, de ces caresses, de ces pratiques sexuelles dans lesquelles d'autres venaient s'immiscer subtilement. Ils avaient expérimenté également le sexe de groupe. Cela ne leur procurait pas autant de sensations que des ébats en comité restreint, avec des partenaires triés sur le volet. En deux ans, Lisa et Fred avaient découvert le plaisir sous toutes ses formes. Ils avaient pris conscience du manque, des lacunes de leur vie intime, avant que chacun accepte que l'autre puisse connaître la jouissance sous d'autres doigts, d'autres bouches gourmandes, d'autres sexes offerts à leurs désirs, ou juste à leurs regards. Parce qu'ils avaient appris également que l'on peut être très excité par des corps qui s'enlacent, des langues qui se mêlent, ou des sexes qui se frôlent, sans la moindre tentative de pénétration. Cela avait été une véritable révélation pour eux qui pensaient que la masturbation était l'apanage des personnes frustrées à la sexualité inexistante.

Au fil du temps, les deux jeunes amants ont écouté, regardé, échangé avec des partenaires d'âges divers. Tous avaient en commun cette discrétion nécessaire qui leur permettait d'assouvir leurs fantasmes en toute quiétude, avec des hommes et des femmes qui partageaient leur vision de la sexualité. Il ne fallait y voir aucune perversion. Plonger dans l'univers de Lisa et Fred, c'était avant tout accepter de laisser de côté toutes ses idées préconçues, tous ses préjugés sur les dérives sexuelles. Parce que, dans leur univers clos, ils étaient heureux de pouvoir librement vivre leur intimité comme ils l'entendaient, sans être jugés, ou montrés du doigt.

Chapitre 1

Premiers émois entre amis

Pour Lisa et Fred, un déclic s'est opéré lors d'une soirée passée dans un club libertin qu'ils fréquentaient parfois, loin de leur domicile, pour ne pas prendre le risque de se retrouver nez à nez avec une connaissance, un client, voire peut-être un membre de leur famille. Ils étaient le meilleur exemple du fait qu'on ne connaissait parfois pas ses proches si bien que cela. Ils s'adonnaient, à cette époque, aux pratiques à partenaires multiples. La mentalité avait changé ces derniers temps. Ils rencontraient de plus en plus de personnes qui auraient pu être leurs parents. Certes, l'expérience, pour certains, était un gage de relations sexuelles de qualité. Pourtant, une lassitude gagnait le couple qui ne s'y retrouvait plus. Ce fameux soir, le jeune couple n'a pas participé aux différents échanges. Sollicités à de nombreuses reprises, ils ont décliné poliment chaque invitation. Alors, le propriétaire des lieux, qui les connaissait bien, s'est approché pour leur offrir un verre, afin de discuter avec eux. Il voulait comprendre leur manque d'entrain évident. Lisa a balayé du regard la salle, expliquant que la population présente ces dernières semaines ne lui procurait plus le frisson qu'elle venait chercher en ces lieux. C'était comme si, tout à coup, elle avait pris conscience qu'elle avait besoin d'autre chose pour vibrer. Fred acquiesçait, cherchant à ménager la susceptibilité du patron qui avait un certain âge lui aussi. La jeune femme a expliqué qu'elle cherchait avant tout à s'enflammer pour un homme ou une femme qui lui provoquerait des fourmillements dans le ventre. Depuis plusieurs semaines, elle faisait l'amour, y compris avec l'homme de sa vie, de manière purement mécanique. Cela avait tiré une sonnette d'alarme chez elle. Le propriétaire du club acceptait avec résignation ce qu'il entendait. Lui aussi aurait aimé rajeunir sa clientèle. Le fait était que, à de rares exceptions près, la moyenne d'âge de ce genre d'établissements était plutôt vers la cinquantaine. Les gens assumaient plus leur sexualité à cette période de leur existence, une fois les enfants partis. La suite de la discussion a été empreinte d'incompréhension. Lisa et Fred avaient beau expliquer qu'ils ne recherchaient pas des apollons ou des reines de beauté, leur hôte insistait sur le fait qu'ils seraient confrontés à ce problème d'âge récurrent régulièrement. Le jeune couple a préféré couper court, pour saluer de manière définitive le patron, en le remerciant.

À la sortie, sur le trottoir, l'air frais a fait frissonner Lisa. Un peu déçue par sa soirée, elle marchait la tête baissée, titubant légèrement en descendant une marche pour rejoindre le parking situé en contrebas. Une main ferme l'a empêchée de perdre l'équilibre. Elle a senti cette force, cette vigueur dans cette intervention. Relevant son visage, elle s'est trouvée face à un homme plus tout à fait jeune, les tempes grisonnantes. Son regard gris-bleu l'a transpercée. Elle a juste esquissé un « merci ». Fred se tenait un peu en retrait. Lui aussi regardait avec insistance ce bel homme au charme irrésistible qui ne lâchait pas le bras de sa compagne. Un silence s'était installé, pas pesant, juste chargé d'émotion. L'inconnu regardait tour à tour Lisa, puis Fred, pour revenir planter son regard envoûtant dans celui de la jeune femme. La scène n'a duré que quelques secondes, mais c'était comme si le temps s'était arrêté, avant que l'homme ne retrouve ses esprits. Il s'est présenté. Il se prénommait Mathias. Il venait de se séparer. Mourant d'ennui chez lui, il avait eu l'idée folle de tenter sa chance dans ce club libertin, sachant pertinemment que les hommes seuls n'étaient pas forcément les bienvenus. Trop souvent, il s'agissait de pervers, de détraqués qui voulaient juste baiser des femmes, de préférence mariées, devant leur conjoint.

Mathias ne fréquentait habituellement pas les clubs échangistes ou libertins. Avec sa copine, qu'il venait de quitter, ils vivaient une relation conventionnelle, qui leur convenait très bien à tous les deux. D'ailleurs, le motif de leur rupture n'était pas leur vie intime. Il ne tenait pas à s'étendre sur le sujet. Le courant est tout de suite passé entre eux trois. Ils discutaient comme s'ils se connaissaient depuis toujours. De fil en aiguille, Mathias a fini par inviter le jeune couple à boire un verre à son appartement, situé à quelques rues de là. Un peu gêné, il a lâché la main de Lisa qu'il tenait toujours dans la sienne. Fred souriait malicieusement. Il avait perçu le petit éclair dans le regard de sa belle. Il savait que cet homme avait éveillé en elle du désir. Il faut dire que, pour ses quarante-cinq ans, il arborait un physique agréable. Il était soigné. Même habillé de manière classique, il dégageait une élégance naturelle indéniable. Le couple a ainsi appris que Mathias travaillait comme maître d'hôtel dans un restaurant. Il avait eu deux enfants d'une précédente union, avant la relation qui venait de se terminer, qu'il ne voyait plus guère puisqu'ils vivaient avec leur mère en Australie. Aussi, il se retrouvait seul. Pas désespéré par sa situation, il comptait bien rebondir. Une discussion à bâtons rompus s'est engagée, ponctuée de rires et de petites allusions coquines déjà, glissées çà et là par une Lisa redevenue espiègle, coquine, entreprenante, comme Fred l'aimait. Il avait le sentiment de retrouver la femme qu'il avait perdue ces dernières semaines. Finalement, cette soirée finissait mieux qu'elle n'avait débuté.

Tout naturellement, en s'installant sur le canapé en cuir, Lisa s'était retrouvée entre les deux hommes. Mathias était allé chercher une bouteille de champagne, quelques petites choses à grignoter, pour fêter la fin d'une histoire, avait-il dit, levant son verre de manière un peu trop enjouée. Il avait surtout bu à la perspective de nouvelles aventures. Sans préparation aucune, la conversation s'est orientée vers la recherche du plaisir, le désir, la jouissance. Mathias semblait très à l'aise avec le sujet de la sexualité. Il disait avoir bien profité de la vie, avant de se mettre en couple et dans les périodes de transition entre les différentes compagnes qui avaient partagé sa vie. Plus la soirée avançait, plus les regards se faisaient insistants. Les silences duraient de longues minutes pour laisser la sensualité prendre tout l'espace. D'un regard complice, Fred a incité Lisa à se rapprocher de Mathias. Celui-ci, un peu surpris de voir la jeune femme se blottir contre lui, n'a eu aucun doute sur les intentions du couple en regardant le jeune homme. Vêtue d'une robe courte, joliment décolletée, Lisa a posé sa tête contre le torse viril de Mathias, laissant voir à celui-ci sa poitrine aux tétons qui pointaient délicatement. Ayant retiré ses chaussures, elle a allongé ses jambes sur les genoux de Fred, qui s'était approché doucement. Il caressait les pieds, les mollets, les cuisses de sa belle. Les choses se sont enchaînées avec un naturel déconcertant. Les deux hommes laissaient les mains de la belle demoiselle s'égarer sur leurs torses, leurs visages, pendant qu'eux faisaient courir leurs doigts agiles sur tout son corps. Elle avait ce sourire que Fred ne lui avait plus vu depuis trop longtemps. D'un même élan, les deux mains de Lisa se sont retrouvées posées sur les sexes des deux hommes. Agréablement surpris, Mathias a tout de même jeté un regard en direction de Fred. Celui-ci lui a adressé un clin d'œil complice qui l'a pleinement rassuré, l'incitant à se laisser faire par la main experte de la jeune femme. Tout en douceur, Lisa passait de l'un à l'autre avec délectation. Elle embrassait tendrement Fred, en caressant Mathias. Elle déshabillait Mathias en regardant Fred, un brin provocatrice. Les deux hommes sentaient le désir monter en eux. Leurs corps frissonnaient sous les doigts, sous la bouche gourmande qui les parcourait. Mathias découvrait, les yeux fermés, avec le bout de ses doigts, les courbes délicieuses de cette jeune femme pas farouche. Ses mains insistaient sur les jolis tétons qui pointaient. Il avait une folle envie de les mordiller, de les aspirer, afin de voir la réaction de la belle. Mais, pour le moment, il s'abandonnait à ses caresses si douces.

Bientôt, les trois comparses se sont retrouvés en sous-vêtements. Le regard de Lisa se portait sur les attributs de ces messieurs qui commençaient à se sentir à l'étroit dans leurs boxers. Elle a donc entrepris de libérer ces sexes déjà bien durs. Ses yeux malicieux se sont plantés dans ceux de Mathias, alors que sa langue dégustait son gland luisant. Ne délaissant pas Fred, elle a empoigné fermement son pénis pour commencer lentement à le masturber. Elle avait les choses bien en main. Elle sentait doucement sa petite culotte glisser le long de ses jambes. Une symphonie à quatre mains se jouait sur son corps. Elle ondulait doucement, léchant avec application le bout du sexe de son nouvel amant. Passant d'un vit à l'autre avec sa bouche gourmande, la jeune femme souriait de ce spectacle qui s'offrait à elle. Deux hommes, avec des sexes aux dimensions dans la moyenne et bien dressés, étaient à présent nus, prêts à lui offrir une bonne dose de plaisir. Elle accélérait son incitation à la débauche, en les suçant goulûment. Fred, qui la connaissait bien, a doucement introduit un doigt dans sa vulve humide. Elle se mordillait les lèvres, tout en continuant ses fellations, excitée par cette pénétration digitale. Mathias, quant à lui, s'occupait avec passion de ses petits seins. Il les caressait délicatement, faisant onduler le corps en ébullition de la belle. Au fil des minutes, ce sont deux, puis trois doigts qui se sont introduits dans la petite chatte trempée de la jeune femme. Avec le pouce qui titillait gentiment le petit trou qui ne demandait qu'à se dilater. Lisa était aux anges. Elle suçait avec plus de fougue, gobant les couilles de ces deux queues lisses avec application. Fred, devenu expert dans la compréhension des envies et désirs de sa compagne, a accentué le travail de ses doigts en elle. Il passait d'un orifice à l'autre, humidifiant ses doigts de salive pour la faire s'ouvrir un peu plus encore. Elle n'en pouvait plus. Son souffle était court. Elle poussait de petits gémissements qui affolaient les sens des deux mâles en rut. Elle les voulait en elle. N'y tenant plus, elle s'est empalée sur la bite bien dure de Mathias, se laissant glisser pour bien le sentir au fond d'elle. Il a poussé un râle de contentement, attrapant ses hanches pour la maintenir ferment plantée sur son sexe gonflé de désir. Fred se masturbait d'une main, continuant à lui travailler son petit anus qui s'ouvrait telle une fleur qui éclot. Lisa incitait son homme à être plus hardi. Elle lui tendait son cul, écartant ses fesses de ses deux mains. Ses seins étaient plaqués contre la poitrine de Mathias qui prenait beaucoup de plaisir à regarder la belle monter et descendre sur son sexe bien raide. Fred a, à plusieurs reprises, mis de la salive à l'entrée de ce petit trou étroit qui s'offrait à lui.

La jeune femme avait envie de les sentir en elle, tous les deux. Elle se faisait de plus en plus provocante pour son homme. N'y tenant plus, il a doucement posé son gland humide entre ses fesses, faisant glisser sa queue sur le bord de son anus. Elle offrait sa croupe aux assauts de son partenaire préféré. Il était heureux de cette vigueur retrouvée. D'un coup sec, Fred a poussé sa bite jusqu'au fond. Ses testicules venaient se frotter à ces si jolies fesses qu'il aimait tant. Son érection était dure, elle avait su lui donner envie de cette sodomie. C'était tellement agréable, il y avait trop longtemps qu'ils n'avaient pas eu un tel désir l'un de l'autre et pour un autre, un inconnu. Il n'a pas fallu plus de quelques secondes pour que les deux mâles trouvent un rythme commun. Ils l'ont prise avec douceur, faisant de longs va-et-vient qui lui procuraient un plaisir grandissant. Elle souriait de ce bonheur retrouvé. Elle avait besoin de se sentir vivante, avec des partenaires qu'elle avait choisis autrement que par défaut. Mathias était un bon amant. Il aimait le corps de la femme, cela se ressentait. Dans ses caresses, dans ses baisers, il y avait ce léger tremblement, cette vibration que Lisa aimait sentir. Quelle chance d'avoir croisé le chemin d'un homme tel que lui ! Cela ouvrait de belles perspectives au jeune couple libertin. Tous trois émettaient de petits sons rauques, signe d'une excitation sans cesse grandissante. Les pénétrations étaient profondes, mais pas brutales. Lisa avait envie de douceur dans cette belle étreinte. Prise en sandwich entre son homme et un partenaire performant, elle se délectait de ce joli moment. Elle était belle dans cette jouissance qui montait. Les seins tendus, les cuisses entourant le bassin de Mathias, les fesses rebondissant contre le ventre de Fred, elle prenait son pied. Elle embrassait tendrement cet homme qu'elle ne connaissait pas quelques heures auparavant. Leurs langues jouaient à se chercher, pour se mêler dans leurs bouches gourmandes.

Lisa aimait être ainsi honorée par deux hommes endurants. Elle détestait les actes bâclés, qui lui laissaient un goût d'inachevé. Parfois, dans l'excitation, certains hommes devenaient des éjaculateurs précoces. Visiblement, ce n'était pas le cas de Mathias. Pour ce qui était de Fred, elle savait à quoi s'en tenir. Les trois corps étaient en ébullition. Les deux hommes ne ménageaient pas leurs efforts pour donner du plaisir à leur partenaire. Les sexes masculins s'enfonçaient profondément dans l'intimité féminine. Ce trio improvisé était une bonne surprise. Lisa retrouvait sa vigueur, sa fougue, ses désirs les plus coquins. Au bout d'une vingtaine de minutes, c'est Fred qui, le premier, a cédé. Il ne pouvait plus se contenir, pris par une excitation qu'il n'avait plus ressentie depuis trop longtemps. Il a saisi fermement les hanches de sa belle, pour accélérer sensiblement ses va-et-vient. Ses coups de reins se faisaient puissants, l'obligeant à se blottir contre le torse de Mathias pour les encaisser. Le troisième comparse continuait à laisser la jeune femme imprimer son rythme, toujours empalée sur son sexe de plus en plus dur. Il appréciait ce moment. Il remerciait même son complice masculin de prendre aussi profondément Lisa. Celle-ci poussait de petits cris à son oreille qui faisait monter en lui un désir irrépressible. Le souffle de Fred s'accélérait. Son sexe restait ancré au plus profond du sexe de sa compagne. Des spasmes l'ont agité. Les premiers jets de sperme ont tapissé l'anus de la jeune femme. Elle tendait son joli petit cul pour bien profiter de ces pénétrations viriles. Elle adorait quand son homme était comme cela. Encouragée par ces échanges sensuels, Lisa s'est retirée de la belle queue raide de Mathias, pour se retourner, lui tournant le dos pour s'empaler de nouveau. Sa vulve était trempée. Des gouttes de cyprine ont coulé sur les cuisses de l'homme ravi de cette situation. Le sexe de Fred, luisant de sperme, était tout près du visage de la femme de sa vie. Celle-ci, remuant d'avant en arrière sur la bite de ce bel inconnu qui n'en était plus un, a incité, d'un regard coquin, son homme à s'approcher. Elle était affamée par ces quelques semaines qui ne lui avaient procuré que des plaisirs basiques. Elle ne voulait pas que ça s'arrête. Elle avait deux sexes masculins à sa disposition. Elle comptait bien en profiter pleinement.

Avec délicatesse, elle s'est saisie du sexe de son mâle préféré. Elle le connaissait bien. Elle savait que quelques caresses buccales allaient avoir un effet immédiat sur lui. Il avait cette faculté, qu'elle appréciait grandement, de recharger rapidement. Pour l'exciter un peu plus encore, elle écartait bien les cuisses, pour qu'il puisse bien voir le sexe de son amant glisser en elle. La langue tournait autour du gland. Fred maintenait une érection peu ferme pour le moment. Il attendait avec impatience que sa belle s'occupe de son membre qui ne demandait qu'à durcir une nouvelle fois, pour des jeux sexuels dont il avait envie. La bouche et la main expertes se sont mises en action. C'était un vrai bonheur.

Mathias, toujours aussi à l'aise, prenait les choses en main. Il était très excité par la fellation que pratiquait sa jolie partenaire au troisième larron du trio. Doucement, il a commencé à soulever son bassin, pour s'enfoncer un peu plus profondément encore dans la petite chatte gourmande de Lisa. S'abandonnant aux caresses, aux pénétrations de ce bel homme qui savait s'y prendre, elle émettait de charmants gémissements qui rendaient fous les deux mâles en rut. La fellation qu'elle prodiguait à son homme était irrésistible. Mathias lui chuchotait à l'oreille qu'elle aimait ça, qu'il avait follement envie d'elle. Frissonnant avec toutes ces attentions, Lisa fixait Fred dans les yeux, pendant que les coups de bite de son amant se faisaient de plus en plus puissants. Mathias a soulevé les jambes de la jolie coquine, pour commencer à limer à un rythme qui s'accélérait au fil des minutes. Elle suçait le sexe de son bel étalon frénétiquement, le faisant se raidir en bouche.

Elle sentait le pénis gonfler dans son vagin, agité de petits spasmes qui lui procuraient des sensations incroyables. Fred, sachant qu'elle adorait ça, lui frottait le clitoris vigoureusement pour provoquer un double orgasme dont elle raffolait. Ce soir, il la voulait sexuellement épanouie. La nuit risquait d'être chaude. Fred lui caressait les seins qui pointaient furieusement, continuant à lui titiller ce joli petit bouton tout gonflé. Mathias la pilonnait de plus en plus fort, allant bien au fond de cette chatte qui ne demandait que cela. Ses couilles tapaient contre l'entrejambe de la belle qui se laissait aller en poussant des cris qu'elle étouffait encore un peu. Les deux hommes s'entendaient parfaitement pour lui faire lâcher prise. Ils voulaient qu'elle se donne à eux, encore et encore. Une folie furieuse s'emparait d'eux, l'un la limant à un rythme effréné, l'autre lui frottant le clitoris à lui provoquer des bouffées de chaleur qu'elle ne pouvait pas contrôler. La jouissance est arrivée au summum lorsque la queue de son amant s'est libérée en elle. Elle masturbait comme une folle son homme, qui, lui, martyrisait toujours son clitoris devenu douloureux maintenant. Elle aurait voulu serrer les dents, mais elle n'a pas pu se retenir de hurler sous les assauts de Mathias qui faisait d'elle une belle salope. Laissant retomber ses jambes, Mathias a saisi doucement les jolis seins de sa partenaire, tout tendus. Son vit était toujours en elle. Elle a tourné son visage vers l'homme sur lequel elle était confortablement installée, pour que, de nouveau, leurs langues se cherchent, se trouvent. Elle avait complètement laissé de côté son compagnon, pour ne s'occuper que de cet inconnu avec lequel elle avait bien fait connaissance à présent.

Fred, qui la connaissait parfaitement, s'est un peu éloigné, continuant, en se masturbant, à maintenir une érection raisonnable. La simple vue de sa femme avec un autre suffisait à lui donner des envies. Le feu sacré était de retour dans leur couple, pour son plus grand bonheur. Il aimait voir sa femme heureuse. Leur hôte était vraiment très accueillant. Il était doux avec sa partenaire. Dans l'action, il savait se montrer viril, sans être brutal. Tout comme le couple qu'il avait invité chez lui, il était à la recherche d'un véritable épanouissement dans sa sexualité. Pour cela, il avait de petites attentions, des paroles qui n'avaient rien de choquant, bien au contraire. Lisa le regardait s'éloigner vers le coin cuisine de ce charmant appartement. Il l'avait abandonnée, l'espace de quelques instants, pour aller leur chercher un petit quelque chose à grignoter, ainsi qu'à boire pour se réhydrater. Fred observait du coin de l'œil la manière avec laquelle sa compagne se comportait avec le propriétaire des lieux.

Tout était prétexte à des allusions coquines, ce qui faisait beaucoup rire les trois nouveaux amis. Aucune question n'était anodine. Tout en subtilité, chacun cherchait à en savoir plus sur l'autre. Fred ressentait une certaine attirance pour Mathias. Celui-ci manifestait un grand intérêt à Lisa. Il semblait évident qu'il n'était désespérément qu'hétérosexuel. La jeune femme adorait cette situation. Elle seule suscitait la convoitise de ce mâle dont elle ignorait encore beaucoup de choses. Elle voyait son homme scruter le moindre détail chez l'autre, une moue de déception se dessinant brièvement sur ses lèvres. Elle le connaissait si bien. Elle avait déjà en tête leur future recherche pour le contenter. En attendant, elle entendait bien voir ce que valait vraiment ce bel étalon. Lentement, elle s'est laissé glisser du canapé où ils étaient de nouveau installés tous les trois. Lascivement, elle a commencé à avancer à quatre pattes, remuant exagérément son postérieur sous le nez des deux garçons qui appréciaient le spectacle. Fred n'a pas esquissé le moindre geste dans la direction de sa femme. Il se contentait de la suivre du regard, épiant discrètement ce que l'amant de sa belle faisait. Le regard de Lisa était incendiaire. Il provoquait une réaction physiologique immédiate chez ses deux partenaires. Elle avait un corps aux courbes bien dessinées, des jambes longues et lisses. Tout était lisse d'ailleurs chez elle. Tout comme Fred, elle avait une aversion pour le poil. Néanmoins, il arrivait parfois qu'elle se laisse aller à quelques actes sur le vif avec des partenaires des deux sexes ayant une faible pilosité sur la verge ou la chatte. Impensable pour elle de faire une fellation ou un cunnilingus sur un sexe touffu. Pour l'hygiène, cela constituait déjà un plus grand confort. Et puis, il était fort désagréable de se retrouver avec des poils pubiens coincés entre les dents, ou sur la langue, dans l'action. Lorsqu'ils pratiquaient, avec Fred, les soirées à partenaires multiples, elle avait parfois été au bord de l'écœurement devant des sexes jamais entretenus. Mais là, avec Mathias, pas le moindre problème. Il avait juste conservé une mini toison sur le pubis. Son sexe était soigneusement épilé, ses testicules aussi. Son anus avait également conservé une légère pilosité soignée. Cela ne gênait en rien, puisque la jeune femme et son compagnon avaient parfaitement compris que Mathias n'était pas bisexuel.

Fred, qu'une légère érection faisait s'installer confortablement sur le canapé, a hoché la tête de manière discrète à destination de l'autre mâle. Celui-ci semblait n'attendre que cela, cette autorisation tacite de pouvoir s'occuper de cette jolie femme agenouillée à quelques mètres de lui, sur le tapis du salon. Elle avait posé ses coudes au sol, semblant attendre qu'on lui prête de l'attention. Le maître des lieux s'est approché doucement de la belle. Elle le regardait venir à elle, le sexe fièrement dressé tel un étendard devant lui. Le sentir en elle était ce qu'elle désirait le plus en cet instant. Son vœu a été rapidement exaucé. Son amant lui a fermement saisi les hanches, pour s'enfoncer d'un coup de rein vigoureux entre ses fesses. Un petit cri strident lui a échappé. Elle aimait cette virilité, autant qu'elle avait besoin de caresses et de douceur. En cet instant, elle n'avait qu'un désir : être prise sauvagement, longuement, sans retenue. Une sorte d'instinct primitif, presque animal s'emparait d'elle. Elle l'incitait, en tendant ses fesses fermes, à lui dilater son joli petit cul qui mouillait légèrement. La chevauchant, Mathias a rapidement trouvé un rythme qui provoquait chez la jeune femme une jouissance extrême. Les pénétrations se faisaient de plus en plus profondes. Les mains de son partenaire avaient à présent attrapé ses épaules pour la pilonner avec ferveur. Fred avait devant lui le plus beau des spectacles. Il bandait bien dur. Le régulier de Lisa résistait à l'envie de venir participer. Il laissait à sa femme cette liberté de prendre du plaisir avec un autre. Quel dommage, se disait-il, que Mathias ne soit pas bisexuel ! Et s'il avait été passif, cela aurait été bien mieux encore. Fort heureusement pour le couple, c'était un amant hétéro de tout premier choix.

Des rencontres comme celle-là, c'était comme une parenthèse enchantée dans un quotidien devenu routinier, presque banal. Aussi, Lisa et Fred avaient envie d'aller au bout des choses avec Mathias, de réaliser les fantasmes de la jeune femme. S'il devait n'y avoir que cette nuit en sa compagnie, qu'elle soit inoubliable. Les jambes de Lisa tremblaient tant les va-et-vient étaient intenses. Mathias, comme en transe, avait changé d'orifice pour offrir un orgasme long et profond à cette femme qui se donnait à lui. La petite chatte ruisselait de mouille. C'était devenu un terrain glissant pour la queue bien raide du bel étalon. Avec des mots, Lisa incitait Mathias à la défoncer. Elle étouffait des cris, en lui demandant, le suppliant presque de lui limer son petit minou encore et encore. Il ne se faisait pas prier. La vue de ce joli corps, des petits seins qui remuaient au rythme de ses pénétrations, le rendait fou. Son côté lubrique se révélait enfin. Dans l'action, continuant à prendre sauvagement la jolie cochonne qui en redemandait, il a mouillé ses doigts de salive, pour en enfoncer deux d'un coup dans l'anus bien dilaté. Lisa n'en pouvait plus. Elle suffoquait sous les assauts de cet homme. Elle ne voulait pas qu'il arrête. Au contraire, elle lui réclamait d'aller plus fort, plus profondément. Fred n'en pouvait plus. Il allait exploser. Son sexe lui faisait mal tant il était tendu. Jamais encore il n'avait vu sa femme aussi salope, pas même avec lui lors de leurs ébats les plus hard. Il n'en revenait pas. Mathias n'était pas juste un bon baiseur. Il aimait le corps de la femme. Il respectait celle qu'il faisait hurler sous ses coups de bite furieux.

Les deux partenaires, dans un même élan, sans que le sexe de Mathias quitte la vulve ruisselante de Lisa, se sont levés. L'homme, puissant, a fermement porté sa partenaire jusque contre le mur du fond de la pièce. D'une main, il a saisi une jambe, de l'autre un sein. Il a commencé à labourer la coquine qui lui jetait des regards plus que provocants. Elle passait sa langue sur ses lèvres, afin de faire monter encore un peu plus en lui un désir déjà extrêmement grand. Plaquée contre le mur, la belle était bloquée. Il lui a murmuré, en lui mordillant l'oreille, qu'elle aimait ça, se faire prendre à la hussarde. Elle lui a répondu d'un simple soupir de satisfaction. En fin connaisseur, Mathias s'est arrêté d'un coup. Il a ressorti son sexe de celui de la belle qui le réclamait. L'entrejambe et les fesses bien mouillées, Lisa l'a senti alterner. La queue allait frapper loin dans son anus, l'instant d'après son utérus vibrait d'un coup de rein viril. Elle était aux anges. C'était comme si ce beau mâle la connaissait depuis toujours.

Installé sur le canapé, se masturbant énergiquement, Fred avait une vue imprenable sur les orifices de sa compagne qui se faisaient ramoner par un amant vigoureux et expert. La belle n'opposait pas la moindre résistance. Il était évident qu'elle prenait son pied. Son visage était radieux. Plus elle se faisait fourrer, plus elle semblait heureuse. Finalement, ce n'était pas si mal d'être simple spectateur, lorsque les deux acteurs étaient si harmonieusement accouplés. Pas la moindre pointe de jalousie ne venait titiller le compagnon de la belle. Il l'aimait tellement que son seul bonheur était de la voir sourire et jouir même s'il n'était pas responsable seul de cet état. Bientôt, ce n'étaient plus des râles ni des cris qui résonnaient dans la pièce. Lisa poussait des hurlements. Elle ne parvenait plus à se maîtriser, encouragée par un Mathias surexcité qui se servait de sa queue comme d'un marteau-piqueur pour pilonner méthodiquement chaque trou de sa partenaire. La pression du mâle était comme un étau qui la comprimait contre le mur. Pour Lisa, c'était véritablement des sensations qu'elle n'avait jamais ressenties avant cette soirée. Elle avait des fourmillements dans le ventre. Elle ne savait plus si elle ressentait de la douleur tant elle aimait ça. La brutalité était réelle, mais absolument pas rédhibitoire. Cela ouvrait de nouveaux horizons à Fred. Il découvrait là un aspect de la femme de sa vie qu'il ne soupçonnait pas. Elle était encore bien plus gourmande de sexe qu'il n'aurait pu l'imaginer dans ses rêves les plus fous. Lorsqu'ils s'adonnaient à des ébats à partenaires multiples, jamais il ne l'avait vue aller aussi loin qu'en ce moment. L'excitation de Mathias était palpable. À chaque pénétration plus profonde, il émettait une sorte de grognement qui semblait beaucoup plaire à Lisa. Cette bestialité, elle n'en était pas très friande d'ordinaire. Mais là, en cet instant, cela semblait lui procurait beaucoup de plaisir, à entendre ses gémissements et les supplications de ne pas arrêter qu'elle formulait.

Cette soirée sexe était décidément une réussite. Fred, même s'il n'était qu'un observateur, appréciait le spectacle que lui offraient sa femme et son amant. Il avait une érection durable, sans même avoir besoin de se masturber. Sa belle était vraiment magnifique quand elle jouissait. Elle fermait les yeux à présent pour savourer. Le bel étalon se concentrait à présent à lui prendre sa jolie petite chatte. Elle avait l'anus dilaté comme jamais, sa vulve était gonflée, ses seins tendus, ses tétons pointaient follement. Elle frissonnait de ce coït ininterrompu qui se prolongeait au-delà de ses espérances. Elle avait tiré le bon numéro ce soir-là. Pendant une dizaine de minutes, Lisa a cru perdre connaissance, tant elle se sentait envahie de sensations étranges. La belle queue qui la limait sans relâche était si dure, si bien utilisée qu'elle n'avait pas envie que ça se termine. Pourtant, elle sentait des spasmes commencer à agiter ce sexe masculin. Elle savait que son partenaire allait bientôt lui remplir le ventre de bon jus chaud et épais. D'un geste habile, sans que son vit ne sorte du sexe trempé de sa partenaire, Mathias l'a incitée à se mettre face à lui, attrapant ses cuisses pour que les jambes de la jeune femme entourent le bassin de celui qui avait envie de l'embrasser à pleine bouche. Les coups de reins ont repris de l'intensité, lorsque les langues se sont mêlées. L'explosion a été d'une intensité extrême. Les jets de sperme allaient s'écraser avec puissance contre le col de l'utérus de Lisa. Elle adorait cette chaleur qui l'envahissait. Elle se sentait bien ainsi prise en main par ce beau mâle puissant. Il ne faiblissait pas, pas même un tremblement de la tenir ainsi soulevée de terre. La finition se faisait tout en douceur. Mathias s'appliquait à faire de longs va-et-vient entre les cuisses de Lisa. Celle-ci s'abandonnait complètement. Une prise de conscience lui a fait jeter un regard vers Fred, assis à quelques mètres. Il lui souriait, avec au fond des yeux toute cette tendresse qui rendait évident tout l'amour qu'il lui portait. Il fallait vraiment qu'il soit un homme exceptionnel pour accepter ainsi de la voir prendre le plaisir le plus fort de toute son existence avec un autre. Tout comme il fallait un amour sans faille de la part de la jeune femme pour toujours revenir vers l'homme de sa vie. Dans son cœur, il n'y avait que lui. Il n'y aurait toujours que lui, l'homme de sa vie, son homme. Patiemment, Fred a attendu. Lisa a caressé le sexe de Mathias, lorsqu'il est ressorti bien luisant de son corps. Elle s'est éloignée pour rejoindre celui auquel elle était tellement reconnaissante de lui offrir de tels bons moments. Souriante, elle a envoyé un doux baiser à son amant qui la regardait les yeux brillants. Fred s'est redressé. Son pénis était toujours tendu. Lisa lui a déposé un baiser sur les lèvres, une main posée délicatement sur ce membre dont elle raffolait. Elle a simplement soufflé un « merci » au creux de l'oreille de son compagnon. Aussitôt, sa bouche est descendue, procurant des frissons à cet homme impatient, pour que sa langue se délecte de ce gland devenu trop sec. Experte, la jeune femme voulait que son partenaire régulier lui éjacule dans la bouche. Elle avait envie de le goûter encore, même si elle connaissait parfaitement sa semence pour l'avoir avalée à de nombreuses reprises. Elle ne s'en lassait pas. Elle se régalait lorsqu'un homme lui faisait ce cadeau de décharger dans sa bouche, surtout lorsqu'il s'agissait de Fred. Les yeux fermés, elle aurait reconnu entre mille le sexe de celui qui partageait son existence. D'ailleurs, elle avait pu le lui prouver, lors d'une soirée à partenaires multiples pendant laquelle des convives avaient tenu à organiser un *glory hole*. Elle avait sucé une bonne dizaine de queues, sans hésitation. Elle avait identifié le pénis de son homme à coup sûr, une performance que d'autres participantes n'avaient pas réussie.

La fellation s'est prolongée quelques minutes, avant que la pression ne devienne trop forte. Les yeux fermés, l'homme a laissé sa partenaire œuvrer, en experte du plaisir qu'elle était. Elle n'avait pas son pareil pour nettoyer un sexe avec sa bouche et sa langue. Cela procurait des sensations incroyables au mâle qui bénéficiait de ces attentions. Mathias, qui n'avait pas perdu une miette de ce joli moment d'intimité de ce couple qu'il aimait déjà beaucoup, s'était approché discrètement, le sexe à la main. Lui aussi avait envie de vivre intensément cet instant magique où la bouche et la main de la belle lui offriraient un orgasme, pour recueillir la semence qu'il lui offrirait comme récompense de ses efforts. Lisa, ainsi agenouillée devant l'hôte de la soirée, montrait à son homme une croupe tendue. Il voyait avec précision la vulve et l'anus de sa belle, rougis d'avoir subi des assauts répétés. Fred savait qu'elle avait encore un désir intense en elle. Il l'avait ressenti pendant qu'elle le suçait. Elle frémissait, tremblait, trop excitée pour revenir au calme. La jeune femme recherchait ce genre d'émotions. Elle appréciait les soirées, voire les nuits intenses de sexe. Frustrée ces dernières semaines, ces derniers mois, elle revivait. La rencontre du beau Mathias était une aubaine. Fred savait que leur vie de couple, grâce à ce soir-là, allait retrouver cette folie, ce piquant qui lui manquait les derniers temps.

Une érection faisait de nouveau se dresser le vit du compagnon de Lisa. Elle s'appliquait à faire une pipe inoubliable à celui qui les accueillait si gentiment chez lui. Fred a pris dans le sac à main de sa belle un tube de lubrifiant. Il avait envie de lui dilater sa petite rondelle, comme il venait de lui murmurer à l'oreille. La belle a souri, assurant à son mâle préféré qu'elle en avait envie au moins autant que lui. Elle était heureuse de le voir retrouver cette vitalité. Elle savait que sa frustration, la seule petite ombre au tableau, résidait dans le fait que

Mathias n'était pas bi passif. Si cela avait été le cas, la fête aurait été complète pour Fred. Néanmoins, il prenait beaucoup de plaisir dans tout ce qu'ils partageaient tous les trois. La femme de sa vie rayonnait de bonheur, l'essentiel était bien là. Le but de son existence était de la rendre heureuse. Ce jour-là, leur épanouissement passait par des échanges avec des personnes extérieures à leur couple.

Au fil des années, les choses avaient évolué. Les partouzes, les orgies ne leur apportaient plus cette jouissance qu'ils ressentaient auparavant. Le monde du libertinage, de l'échangisme avait évolué, pas toujours dans le bon sens. Dans les clubs, les convives invitaient des amis aux soirées dont ils ignoraient pratiquement tout. Cela donnait des résultats désastreux. Des hommes, en majorité, venaient là réaliser des fantasmes que leur interdisaient leurs épouses. Ils ne venaient que pour assouvir leurs désirs. Pour certains, c'était plus cru que cela. Ils venaient se vider les couilles, n'ayant plus d'activité sexuelle chez eux. Ces dérives ont également conduit à l'introduction d'une violence qui n'aurait pas dû avoir sa place en ces lieux de plaisirs partagés. Des femmes de plus de cinquante ans prétendaient retrouver leur jeunesse en accueillant entre leurs cuisses de jeunes étalons d'une vingtaine d'années. Seulement, la sélection se faisait sur des bases bien suggestives. Aussi, dans des salons privés, où des groupes s'adonnaient à des actes sexuels, sont apparues des scènes qui ressemblaient fort à des tournages pornographiques. Pour certains hommes, le non d'une femme en ces lieux était un encouragement à aller plus fort, plus loin. Jamais un renoncement, un refus. Pour fuir ces endroits qui ne leur procuraient plus le frisson attendu, Lisa et Fred ont fait le choix d'organiser ou de participer à des soirées en compagnie de connaissances en lesquelles ils avaient confiance. Cette rencontre avec Mathias était une première depuis longtemps. Le jeune couple ne le regrettait pas, bien au contraire. Parfois, il fallait faire confiance au hasard. Il ne fallait cependant pas faire n'importe quoi. Étant adeptes des rapports non protégés, les deux amoureux exigeaient de leurs partenaires une transparence irréprochable. On pouvait très bien papillonner sexuellement, sans prendre ou faire prendre des risques à qui que ce soit. Les partenaires soucieux de leur santé devançaient souvent les demandes. Comme cela avait été le cas ce soir avec Mathias, qui avait, en déposant un tendre baiser sur les lèvres de Lisa, présenté une prise de sang vieille de trois jours. Une sécurité indispensable pour vivre pleinement ses fantasmes. Les clubs ont souvent ce genre d'exigences. Pour les particuliers, c'est parfois plus aléatoire. Le jeune couple n'a jamais laissé de côté cet aspect primordial de leur vie sexuelle dissolue. L'absence de préservatifs, lors des discussions avec les non-initiés, est souvent source d'incompréhension, avec notamment le risque de tomber enceinte qui est souvent abordé. Lisa explique à chaque fois qu'elle est une grande fille. Elle s'est fait prescrire un moyen de contraception. Le sujet d'un enfant, ils l'ont abordé avec Fred. Ils se donnent quelques années. Au moment voulu, leur sexualité évoluera forcément. C'est de lui qu'elle veut un bébé, de personne d'autre, surtout pas d'un inconnu.

Pour l'heure, elle profite pleinement de sa soirée. Sa bouche recueille à présent la semence de cet homme qui la contente au-delà de ses espérances. Son homme, quant à lui, s'occupe de son anus dans lequel il vient de pénétrer avec son pénis redevenu bien dur. Il a pris le temps de bien préparer le terrain avec ses doigts et du gel intime. Elle qui, quelques années auparavant, n'était pas une adepte de la sodomie, avait à présent un goût prononcé pour cette pratique. Certes, parfois, lorsque la préparation était insuffisante, ou qu'elle restait quelque temps sans se faire prendre par son petit trou, une vive douleur accompagnait les premiers va-et-vient. Bien vite, elle oubliait la souffrance pour y prendre énormément de plaisir. Comme c'était le cas en ce moment, Fred sachant y faire pour lui procurer un maximum de plaisir dans cette pénétration profonde anale. Il faisait tourner son sexe, planté au fond de l'anus de sa compagne, pour bien dilater cet orifice originellement pas destiné à être utilisé sexuellement. Lisa se cambrait bien pour offrir son joli petit cul en pâture à cet homme avec lequel elle a toujours eu une connexion charnelle incroyable. Ils étaient faits pour se rencontrer tous les deux. Leur sexualité a évolué au rythme de leurs envies, de leurs désirs qui, bien souvent, se trouvaient être les mêmes. Mathias regardait, ému, ce joli petit couple fusionnel s'offrir un agréable moment devant lui, sans la moindre gêne, aucune retenue dans la jouissance de la jeune femme, pas plus que dans les mouvements de bassin du mâle qui savait s'occuper de sa belle. Ces deux-là s'entendaient parfaitement, ils étaient vraiment complices. En même temps, il fallait l'être pour accepter de voir l'autre se faire prendre ou pénétrer d'autres partenaires, surtout, comme ce jour-là, accepter de laisser sa femme jouir sous les coups de boutoir d'un parfait inconnu, rencontré au hasard. Mathias espérait que cette soirée ne serait pas unique. Il pensait avoir donné pleinement satisfaction. Avait-il pour autant réussi son examen d'entrée dans le cercle fermé des amants préférés de Lisa ? Rien n'était moins sûr, d'autant que la sélection semblait rigoureuse. Il fallait qu'il abatte maintenant ses dernières cartes pour avoir une chance de convaincre ses nouveaux amis de s'engager dans du régulier. Le troisième larron est venu s'installer sous la belle, dont l'anus commençait à être bien détendu. Elle se mordait les lèvres pour ne pas hurler. Avec son petit regard coquin, elle a vu le sexe de Mathias de nouveau bien dressé pour elle. Allongé sur le dos, il l'a laissée s'empaler tout en douceur dessus. Il adorait cette position. Les seins de la belle remuaient devant ses yeux, n'attendant que les caresses de ses mains. Le doux rythme imprimé par les va-et-vient faisait glisser doucement les jolis tétons entre les doigts de cet homme qui était aux anges. Il se rassurait dans ces actes qui se succédaient. Son inactivité récente n'avait en rien altéré ses performances. Il faut dire que, pour se maintenir à niveau, et ainsi ne pas risquer l'incident d'une éjaculation précoce, il s'était adonné régulièrement, voire plusieurs fois par jour, à la masturbation complète. Ainsi, cela lui assurait, dès les premières secondes en bouche, ou entre les cuisses de la dame, une certaine résistance. Cela aurait été trop frustrant de cracher trop vite. Cette nouvelle double pénétration satisfaisait pleinement Lisa. Le corps de la jolie jeune femme ondulait au rythme de ses deux partenaires parfaitement coordonnés. Du bonheur à l'état pur, pas une seule fausse note dans cette soirée, tout était parfait, comme si l'organisation avait été minutieuse, alors que tout s'était fait à l'improviste.

Pendant une bonne demi-heure, les deux belles queues ont limé, se sont arrêtées pour entrer au plus profond, avant de repartir de plus belle. Quelques coups, un peu plus forts que les autres, ont provoqué de petits cris aigus. Lisa a, l'espace de quelques secondes, senti un double orgasme augmenter encore son désir. Elle a alors demandé aux deux hommes d'accélérer le mouvement. Avec une belle régularité, ils se sont exécutés. Fred était au comble de l'excitation. Il appuyait ses coups de reins, tandis que Mathias venait frapper un coup sur deux le fond du vagin de sa partenaire. Les deux hommes sentaient leurs sexes presque se toucher, tant la paroi était fine entre les deux orifices. Pour atteindre la perfection, la jouissance optimale de la belle est intervenue en même temps que la délivrance de ses deux partenaires masculins. Leurs deux sexes ont craché simultanément leur jus chaud, et plus si épais que lors des premiers coïts. Les trois corps ruisselaient de sueur. Ils avaient tout donné. Pour le récompenser, Lisa a embrassé avec une sensualité extrême Mathias. Leurs bouches semblaient ne pas vouloir se quitter. Tout comme les sexes restaient collés en elle. Fred plaquait son torse contre le dos de sa compagne. Nul besoin de se parler pour se comprendre. Une connivence naturelle les unissait tous les trois. Se laissant aller après ce long moment de plaisir, épuisés, les trois complices se sont allongés côte à côte sur le tapis. Les trois sexes, ainsi que l'anus de Lisa, luisaient de sperme. Ils avaient besoin de récupérer. Ils se souriaient, ravis d'avoir partagé cette expérience. Personne ne voulait rompre cette magie. Pourtant, au bout d'un moment, ayant pris conscience de l'heure tardive qu'il était, Lisa s'est levée. Passant nue devant les deux mâles, elle a suscité chez eux une certaine émotion. Elle était belle, tout simplement. Son corps tout entier était un appel à l'amour, au sexe, au plaisir intense. Fred se dit qu'il avait vraiment de la chance de partager sa vie avec elle. Mathias, en hôte prévenant, a proposé un verre à ses invités. Il a également cherché un petit quelque chose à grignoter. Ça creusait de faire de l'exercice. Néanmoins, Lisa et Fred n'ont accepté qu'un verre d'eau. Il allait falloir penser à rentrer à la maison. La soirée avait été très agréable. Le couple rassemblait ses vêtements pour se rhabiller. Une discussion s'est alors engagée dans laquelle une certaine gêne s'est installée. Mathias, soudainement intimidé comme un petit garçon, n'osait pas aborder le sujet directement. Il interrogeait du regard tantôt Lisa, tantôt Fred. Son but était de savoir s'ils se reverraient, ou pas. Lui était à cent pour cent pour. Mais eux ? L'hôte de la soirée a surpris un regard complice entre les deux amoureux. Fred lui a alors expliqué que leur entente avait été parfaite. Tous avaient pris un plaisir immense à faire l'amour ensemble. Il a remercié Mathias d'avoir redonné son allant sexuel à sa belle. Il lui a assuré qu'ils resteraient en contact.

Cette complicité, cette osmose, ils ne pouvaient pas l'ignorer. Il y avait entre eux trois un lien déjà très fort. Mais, parce qu'il y avait un mais, Lisa et Fred ne souhaitaient pas prendre d'engagements. Il était certain qu'ils auraient certainement envie de le revoir, dans quelque temps, pas de manière régulière, peut-être même à l'improviste de nouveau. Ils avaient des aventures à vivre dans la nouvelle configuration de leur couple. Déjà, la jeune femme avait en tête une future soirée pour combler pleinement son homme. Les trois complices ont échangé leurs numéros de portable, leurs adresses respectives. Avec le même engagement de ne pas se revoir pour boire un café, ou autre chose que du sexe. La banalité casserait forcément quelque chose dans leur relation. Aucun d'entre eux ne voulait cela comme évolution de leur relation. Leur rencontre était basée sur le désir, le plaisir, le sexe. C'était très bien ainsi. Ils ne passeraient jamais leurs vacances ensemble, n'organiseraient pas de dîners mondains, c'était évident. Ils se sont donc salués un peu comme ils s'étaient rencontrés. Les deux hommes se sont serré la main de manière virile. Lisa a déposé un baiser léger sur la joue de Mathias. Lorsque la porte s'est refermée sur eux, c'est une grande incertitude qui animait le quadragénaire. Il comprenait, même si, sur le moment, il avait un peu de mal à l'accepter.

Chapitre 2

Un joli cadeau pour Fred

Lisa, quelques jours après sa belle soirée passée en compagnie de Mathias, avait tenu sa promesse de récompenser son homme qui lui avait laissé réaliser ses fantasmes en compagnie d'un autre homme. Faisant jouer ses relations, elle avait donc convié chez eux un ami de sa meilleure amie. Pour le couple, le jeune homme n'était qu'une vague connaissance. Ils avaient dû se croiser une fois ou deux, à des fêtes. Aussi, lorsque Lisa avait contacté Greg, ce fut une surprise pour lui, d'autant qu'il n'avait pas vraiment flashé ni sur la jeune femme ni sur son homme. Pourtant, c'est avec enthousiasme qu'il avait accepté sa proposition de la rejoindre pour passer une agréable soirée en sa compagnie, mais surtout en compagnie de Fred. Bisexuel à tendance plutôt homosexuelle, le jeune futur partenaire avouait aisément son attirance pour les beaux mâles bien charpentés. Âgé de vingt-sept ans, c'est vers quatorze ou quinze ans que son orientation sexuelle s'était révélée. L'intérêt de Lisa pour lui résidait dans le fait qu'il était passif dans sa sexualité. Elle comptait bien profiter de la soirée, en matant son homme, mais également en proposant un petit jeu qui lui plaisait énormément. Elle était certaine que Fred allait aimer ce qu'elle avait à lui proposer. Pour bien préparer sa surprise, la jeune femme s'était arrangée pour que son compagnon rentre plus tôt. Elle avait préparé quelques gourmandises et le vin préféré de son homme était au frigo. Elle avait mis une petite robe courte, des bas, des talons hauts, juste de quoi être un peu affriolante. Elle avait demandé à Greg de venir en tenue décontractée. Elle aimait ce genre de mec, à la fois masculin dans ses attitudes, et raffiné, avec une touche de féminité dans ses techniques de séduction. Ils ont ainsi eu le loisir de discuter ensemble du déroulement de la soirée, laissant toujours une place à l'improvisation. Bavardant comme deux vieux amis, ils n'ont pas vu le temps passer. Aussi, lorsque la porte s'est ouverte sur Fred, Lisa a eu une hésitation. Elle a rougi, comme prise en faute, alors qu'elle était juste assise sur son canapé, pas du tout proche de Greg. Le regard interrogateur de son homme l'a quelque peu déstabilisée. L'espace de quelques minutes, une ambiance étrange s'est créée. Fred a attiré sa compagne vers le coin cuisine, sans quitter du regard cet inconnu qui le fixait intensément. Il lui semblait le connaître, mais il ne parvenait pas à se souvenir en quelle occasion ils auraient pu se rencontrer. Ne comprenant pas sa présence chez eux, il a simplement dit à Lisa sa surprise. Il pensait qu'elle lui avait demandé de rentrer plus tôt pour qu'ils passent une soirée tous les deux comme cela ne leur arrivait pas souvent ces dernières semaines, une soirée coquine, câline, à deux. La jeune femme lui a expliqué qu'elle avait voulu lui faire plaisir. Elle savait que cela faisait longtemps qu'il avait envie d'exprimer son côté bisexuel. Un sourire s'est dessiné sur les lèvres de Fred. Il comprenait enfin ses cachotteries de ces derniers jours, ses coups de fil discrets. Il a jaugé du regard celui qui était installé sur son canapé, l'air faussement détendu. Il était plutôt pas mal, habillé simplement, juste un jeans, un polo et une paire de baskets, le mec classique qu'on croisait partout, sans lui prêter plus d'attention que cela. Le couple, bras dessus bras dessous, est venu rejoindre leur invité. Lisa, en bonne maîtresse de maison, a demandé à Greg ce qu'il désirait boire. Elle avait apporté la bouteille pour son homme, s'était servi un verre, en déposant au passage des petits toasts salés sur la table basse. Lorsque tout le monde avait de quoi boire et grignoter, la belle est allée s'asseoir sur le fauteuil, juste en face des deux hommes. Elle voulait les laisser faire connaissance, surtout ne pas s'immiscer entre eux. Pour que tout se passe bien, il fallait que le courant passe. Elle ne devait pas intervenir. De petits signes lui ont immédiatement montré que son choix était bon. Elle connaissait son partenaire habituel par cœur. Il y avait, dans son attitude, la démonstration évidente de son excitation. Après quelques secondes d'observation, les deux mâles avaient entamé une discussion, afin de faire connaissance. Fred voulait savoir pourquoi le visage de leur convive lui disait vaguement quelque chose. Lorsqu'il a eu l'explication, il a souri, jetant un regard complice, plein de tendresse à sa belle. Elle était ravie de ce bon contact. La soirée s'engageait bien. Imperceptiblement, les deux hommes s'étaient rapprochés sur le canapé. La discussion s'était orientée sur des sujets plus grivois, plus coquins. Ils évoquaient ensemble leur attirance pour telle ou telle pratique. Il était impensable, lors de ces soirées, d'échanger des banalités. Cela aurait plombé l'ambiance à coup sûr. Fred et Greg abordaient leurs désirs, leurs envies en toute simplicité, sans la moindre gêne. Tous deux savaient pourquoi ils se trouvaient là, en cet instant. Chaque autorisation était tacite. Il n'a pas fallu bien longtemps avant que les mains de l'invité se posent sur le torse de son hôte. Ses lèvres se sont approchées du cou de Fred.

Lisa voyait les yeux de son compagnon briller. Une attirance évidente poussait les deux hommes l'un vers l'autre. Greg était plutôt entreprenant. Il embrassait avec fougue celui qui s'abandonnait à ses caresses et à ses baisers. Avec empressement, il s'occupait de son partenaire d'un soir, qui lui plaisait beaucoup physiquement. En moins de temps qu'il ne fallait pour le dire, Fred s'est retrouvé le pantalon détaché, le caleçon soulevé par les doigts de Greg. Ce jeu provoquait des sensations agréables au propriétaire des lieux qui se laissait faire. Il conservait cependant cette réserve pour garder le contrôle. Il voulait être l'homme, le mâle dans cet échange. Fred a sorti son sexe, le prenant bien en main, pour le présenter à Greg. La bouche de son partenaire était entrouverte. Il a frotté son gland devenu humide sur les lèvres de ce coquin qui n'attendait que cela. Avec sa langue, il a commencé à s'occuper de la queue qui se dressait devant lui, déjà bien dure. La jeune femme, dont l'excitation commençait à monter, se passait la langue sur les lèvres de manière sensuelle. Elle aurait aimé se joindre à Greg pour procurer du plaisir à son amoureux. Pourtant, elle s'était promis de ne pas venir troubler la connivence qui commençait à s'installer entre les deux hommes. Il était impensable pour elle de participer aux ébats, sans y avoir été invitée par son compagnon. Elle n'irait pas, même si elle en mourait d'envie. Son sexe commençait à la démanger. Elle espérait secrètement que Fred l'inciterait à venir jouer avec eux. Elle regardait avec envie le sexe de leur invité gonfler dans son pantalon. Greg a vu la main de son partenaire se poser sur son pénis à l'étroit dans son pantalon et son slip. Il le lui a saisi, avec autorité, pour le masturber énergiquement. Il sentait bien la poigne.

Cela l'excitait. Il a continué sa fellation, s'appliquant à faire gonfler la bite dans sa bouche gourmande. Il aimait cette virilité.

Les deux hommes aimaient cette relation masculine. Aucun ne se sentait homosexuel dans sa pratique. Il s'agissait juste d'apporter de la diversité à leurs relations sexuelles. Certes, il fallait avoir le désir d'intimité avec un partenaire du même sexe. C'était quelque chose d'incompréhensible pour les hétéros purs et durs. Lisa appréciait grandement cette excitation entre hommes. Cela faisait monter en elle des envies sexuelles incontrôlables. Elle savait que les deux garçons allaient jouer ensemble un certain temps, avant que Fred ne l'invite à se joindre à eux parce qu'il aimait qu'elle participe à tous les ébats. Il aimait l'entendre jouir, la voir heureuse. En cet instant précis, la jeune femme se caressait les seins, le ventre, le pubis en regardant les deux mâles se faire du bien mutuellement. Elle regardait le sexe de l'un et le sexe de l'autre, qui gonflaient sous les caresses manuelles et buccales. La fellation de Greg semblait être très agréable. Parfois, elle aimerait pouvoir changer de sexe pour ressentir des émotions différentes. En l'espace de quelques instants, les deux hommes se sont retrouvés les sous-vêtements baissés. Leurs sexes dressés faisaient leur petit effet sur la jeune femme. D'autant qu'elle sentait son compagnon de plus en plus excité. Il branlait son partenaire de plus en plus vigoureusement. La pipe l'avait joliment fait se raidir. De la main qui ne s'occupait pas de la verge de Greg, Fred a commencé à humecter ses doigts de salive pour travailler tout en douceur l'anus qui se trouvait à portée de main. Le petit trou se dilatait facilement. C'était le signe que ce chemin était emprunté de manière régulière par des partenaires sexuels bien membrés. Des gémissements commençaient à se faire entendre. Lisa se déshabillait lentement, ne quittant pas des yeux la scène d'une sensualité irrésistible qui se déroulait à quelques mètres.

Les caresses que les deux hommes se prodiguaient étaient à la fois douces et viriles. Chacun semblait revendiquer sa masculinité. Il était évident cependant que le mâle dominant, celui qui allait être actif, était Fred. Greg se contentait de mettre son partenaire dans les meilleures conditions possibles pour un coït réussi. La préparation était minutieuse, presque chirurgicale tant la précision des gestes semblait primordiale, pour l'un comme pour l'autre.

Lisa, aux anges, se caressait la vulve, mouillant ses doigts pour lui procurer des sensations plus délicieuses encore. Elle voyait, dans les attitudes de l'homme de sa vie, qu'il n'allait pas tarder à entreprendre en profondeur celui qui avait su l'exciter. Elle était impatiente de le voir lui prendre son joli petit cul musclé, ferme. Aussi, lorsque la queue de Fred s'est enfoncée d'un coup sec entre les fesses de Greg, Lisa a fait glisser deux doigts entre ses lèvres humides. Leur comparse pour cette soirée incitait son homme à le prendre, remuant sa croupe pour lui donner plus envie encore. La jeune femme sentait des fourmillements dans le bas-ventre.

Le rythme lent imposé par l'homme actif au passif semblait parfaitement lui convenir. Il se laissait aller, glissant doucement sur le pénis bien dressé pour lui. Bien pris en main, le mâle, féminisé par cette position offerte, appréciait les va-et-vient de son partenaire du moment. Les coups de reins devenaient de plus en plus puissants. Fred a attrapé d'une main ferme la bite de Greg pour le masturber en le sodomisant bien profondément. Cette initiative donnait des sensations nouvelles aux deux hommes. La cambrure était encore plus accentuée pour encaisser les pénétrations fortes et profondes. Des gémissements commençaient à se faire entendre. Le partenaire qui s'offrait à son hôte l'a incité à le chevaucher. Il voulait le sentir bien le limer. Il lui réclamait de lui faire mal, de l'enculer sans retenue. Peu à peu, les coups de bite ont été subis par celui qui avait choisi d'être pris. Il serrait des dents. Cela semblait lui procurer du plaisir, mais également une légère douleur. Tout à son excitation, Fred continuait de pilonner avec vigueur Greg. Il avait ralenti le rythme, en accentuant la puissance des pénétrations. Lisa n'en pouvait plus. Elle était excitée fortement par ce qu'elle voyait. Son compagnon était vraiment un partenaire qui savait provoquer des sensations extrêmes. Elle avait très envie de venir s'occuper de cette queue qu'elle voyait remuer sous le ventre de leur invité. Elle n'attendait que le feu vert de son homme pour se mêler à leurs ébats. Elle espérait ne pas être frustrée. Parfois, il faisait exprès, la voyant dans un état proche de la transe, de ne pas la convier.

Visiblement, le choix du mec qu'elle avait invité était le bon. Son homme était excité, comme il ne l'avait plus été depuis bien longtemps dans sa pratique bisexuelle. Cela la rendait heureuse de le voir ainsi s'épanouir. Il se donnait pleinement dans l'action, défonçant le cul de son partenaire qui en redemandait. L'acte sexuel a duré une bonne vingtaine de minutes, avant que l'éjaculation ne survienne. Fred s'est retiré pour arroser les fesses de Greg de son jus épais. Les spasmes que lui provoquaient les jets lui faisaient pousser des petits gémissements. La jouissance anale de son amant d'un soir était communicative. Lisa en profitait pleinement. Les deux hommes, entièrement nus, se tenaient à présent debout côte à côte, face à la jeune femme. Celle-ci était humide. Tout au long du coït masculin, elle s'était touchée. Ses doigts étaient gluants de sa mouille. Elle s'était également titillé le clitoris, qui était tout gonflé, et son anus un peu dilaté. Fred s'est doucement approché d'elle. Il avait envie qu'elle le suce, pour lui nettoyer le sexe encore ruisselant de sperme. Il a invité du regard son partenaire à le rejoindre, pour que sa femme profite des deux sexes.

Avec délectation, elle s'est emparée des deux pénis pour les lécher l'un après l'autre. Greg commençait à bander doucement grâce aux caresses buccales de Lisa. Elle le regardait avec insistance, un petit air coquin faisant passer un message dans son regard. Elle le désirait, là, tout de suite. Elle voulait offrir ce spectacle à son homme, de se faire prendre devant lui. Elle savait surtout, dans ces soirées bisexuelles, comment cela risquait de se poursuivre.

La soirée avait, avant tout, été organisée pour son compagnon. Il ne lui était pas interdit de prendre du plaisir, mais elle devait lui offrir leur invité avant de penser à elle. Se faire prendre était une sorte de sacrifice pour mettre l'autre partenaire en confiance, l'exciter fortement, pour qu'il se laisse faire par son homme, sans retenue. Greg aimait les femmes. Cela se ressentait dans sa manière de caresser Lisa. Il lui titillait les tétons, pendant qu'elle le suçait goulûment. Fred s'était légèrement reculé pour les laisser tous les deux. Il tenait son sexe à la main, continuant à le masturber, pour le maintenir dans un état d'érection constant. Doucement, la jeune femme s'est assise sur le bord de la table. Elle a attiré l'invité de la soirée à elle. Elle a écarté les cuisses, pour le laisser entrer en elle. Il était d'une délicatesse incroyable. Elle a senti le membre de son partenaire glisser en elle. Il a fait de petits va-et-vient en allant de plus en plus loin. Elle se collait contre son torse pour bien s'offrir. Il allait lentement, lui laissant la possibilité de remuer son bassin pour faire coulisser sa bite bien raide dans son vagin luisant de cyprine. Elle adorait, de temps en temps, être prise virilement, mais pas trop. Au début de l'acte, elle aimait que son partenaire soit joueur avec son pénis.

C'était une sensation incroyable de se sentir ainsi désirée par un inconnu. Il savait être d'une grande douceur, avec des élans masculins qui mettaient une note de fermeté dans cet acte sexuel qu'elle souhaitait pouvoir prolonger dans la durée. Elle savait qu'en étant plus sensuelle encore que d'habitude, elle allait rendre fou son homme. Les va-et-vient se faisaient avec harmonie, à l'unisson des deux corps enlacés. La position était digne d'un tableau. Il se dégageait un érotisme torride. Une certaine émotion se dégageait des ébats. Le sexe de Greg était bien tendu, il avait envie de donner du plaisir à sa partenaire qui était demandeuse en ce sens. Il régnait dans l'appartement une atmosphère complice. Le regard de Fred sur son épouse, qui se faisait prendre par leur invité, était bienveillant. Il ne se masturbait même pas. Son érection était spontanée. Il avait un sourire coquin aux lèvres. Il attendait son heure pour venir rejoindre ce couple avec lequel il avait envie de s'amuser.

Pour le moment, il savourait le fait d'entendre, à distance, les gémissements de sa compagne. Les pénétrations se faisaient de plus en plus profondes. Les coups de reins s'intensifiaient au fil des minutes. Le mâle retrouvait sa vigueur naturelle. Sa virilité se retrouvait dans l'action. Cela plaisait à Lisa, mais aussi à Fred qui se rapprochait discrètement. La complicité avec sa compagne était telle que celle-ci retenait le sexe de son partenaire du moment bien profondément en elle. Elle savait que le duo allait se transformer en trio. Elle se préparait avec délectation à subir des assauts plus puissants. Elle connaissait les réactions des hommes dans leur situation de passivité. Elle a su, sans avoir besoin de se pencher pour vérifier, que Fred venait de s'enfoncer d'un coup sec dans l'anus de Greg. Celui-ci a répercuté le coup encaissé, en faisant entrer son sexe au plus profond de la petite chatte gourmande de Lisa. Elle adorait, dans ces moments, les initiatives prises par les partenaires. Elle a aimé quand, dans l'élan, la verge de cet homme, qui la prenait si bien, s'est égarée dans son petit trou tout humide. Elle était très friande de sodomie. Elle l'a laissé faire, continuant à onduler. Le rythme était à présent imprimé par son compagnon, qui pilonnait avec force l'anus de leur invité qui semblait ravi. L'anus bien dilaté du partenaire joueur du couple était joliment offert. La jeune femme se laissait aller. Greg lui prenait en alternance la chatte et le cul, selon son inspiration. Elle était aux anges, un véritable bon moment de sexe à trois. Au fur et à mesure, les pénétrations se faisaient plus brutales. De petits cris lui échappaient. Fred avait saisi les hanches de l'autre mâle pour lui défoncer le cul à grands coups de bite. Lisa sentait, au travers de la répercussion que Greg faisait en s'enfonçant en elle, la puissance de son homme qui commençait à s'exprimer pleinement. Elle s'offrait plus encore, écartant les cuisses au maximum pour bien laisser la belle queue la perforer.

Pendant plus de dix minutes, les trois comparses se sont offert un coït jouissif. Leur orgasme a été quasi instantané. L'invité du soir avait senti que la jeune femme était plus vaginale qu'anale. Pour lui offrir une jouissance complète, il faisait des va-et-vient rapides dans sa jolie petite chatte de plus en plus accueillante. Le bon jus chaud a tapissé le vagin qui se resserrait autour de sa bite. Quelques jets sont venus procurer une sensation très agréable à la belle qui en profitait pleinement. Lisa se préparait à ce qui allait lui arriver ensuite. Son compagnon venait de demander à leur partenaire de se retirer. Il était super excité. Il a pris ses jambes pour les poser sur ses épaules. Il a fait glisser sa queue sur la vulve de la femme de sa vie. La pénétration lui a provoqué un plaisir intense. Il venait de frotter son clitoris qui était gonflé. Les coups de reins se sont faits plus intenses. Son intention était de lui démonter le sexe pour la faire jouir de nouveau.

Greg appréciait la vigueur de l'autre mâle. Il lui avait offert du plaisir, avec son sexe si dur, si raide. À présent, il se donnait pleinement avec sa compagne. C'était un vrai bon partenaire de jeu. Il ne regrettait pas d'être venu passer cette soirée avec ce couple d'inconnus, amis de connaissances communes, qu'il n'avait jamais rencontrés intimement avant. L'invité s'était assis sur le canapé, un peu à l'écart, pour récupérer un peu en buvant un grand verre d'eau, le temps que le couple termine. Il regardait avec envie Fred soulever avec ardeur Lisa en s'enfonçant de plus en plus vite en elle. Elle lui demandait de la prendre plus fort, plus profondément, en poussant des hurlements incontrôlés. Greg avait la chatte de la jeune femme bien ouverte, luisante de mouille, juste en face de lui. C'était un spectacle très plaisant. Malgré lui, il sentait son pénis se dresser à nouveau entre ses jambes. La verge de Fred était plus tendue que jamais. Elle faisait envie à cet homme qui appréciait les sexes masculins, presque plus que les sexes féminins. En cet instant, il avait follement envie de sucer cet autre mâle qui venait de décharger sa semence entre les cuisses de sa jolie femme. Se sentant pousser des ailes, il n'a pas résisté à cette pulsion. À peine la queue de Fred sortie de la chatte de Lisa, Greg s'en est emparé avec autorité pour la sucer. Avec application, il a nettoyé ce sexe encore ferme. Sa langue est allée de bas en haut, des couilles au gland. Le goût lui plaisait beaucoup. Ce mélange de cyprine de la belle avec du sperme était un vrai délice. Il se régalait. La jeune femme, quant à elle, après s'être désaltérée, a pris en bouche la queue de Greg qui se dressait doucement devant elle.

Fred, à l'aise, installé sur le canapé, s'était servi un verre de vin, en grignotant un toast salé. Il avait une petite faim. Il savait que la soirée n'était pas terminée, vu l'appétit sexuel de ses deux partenaires. Il les regardait avec une pointe d'émotion. Ils étaient beaux dans leur manière de pratiquer des fellations. D'un coup, Lisa et Greg se sont occupés à deux du sexe de Fred. Une pipe à deux bouches, il adorait vraiment ça. Surtout, lorsque cela était fait avec passion. Dans sa pratique bisexuelle, il avait déjà dit à sa compagne qu'une fellation faite par un homme était incomparable. Il adorait quand elle lui en faisait une, mais il appréciait plus encore une bouche masculine. Cela tenait, selon lui, à la parfaite connaissance du corps du mâle par un autre homme. Depuis qu'il rencontrait des partenaires du même sexe, il avait connu, à une ou deux reprises, un orgasme puissant procuré par une pipe masculine. Aucune femme n'était parvenue à lui procurer des sensations aussi extrêmes.

Après deux heures de discussions, de caresses, une nouvelle pénétration anale bien virile de Fred, Greg est allé à la salle de bains pour prendre une douche. Il devait bien avouer qu'il avait le cul en feu. Sa verge était toute chaude également. Lisa l'avait sucé pendant tout le temps où il se faisait défoncer le cul par le marteau-pilon de l'hôte de la soirée. Au moment de se dire au revoir, les trois partenaires ressentaient une certaine tristesse. Ils avaient vraiment passé un bon moment, plein de complicité. Leurs sourires en disaient long sur le plaisir qu'ils avaient pris. Sexuellement, ils étaient épanouis. Toujours nu, le couple semblait prêt à poursuivre cette soirée une bonne partie de la nuit. Aucune promesse de se revoir ne fut faite. Dans ce genre de relation, il n'était pas question de prendre des rendez-vous. Pour demeurer excitantes, ces soirées devaient être improvisées, surtout lorsque les partenaires se connaissaient. Ils s'embrassèrent donc, un clin d'œil complice fut échangé entre les deux hommes.

En continuant à faire l'amour de manière plus classique, en couple, rien que tous les deux, les esprits de Lisa et Fred se sont mis à divaguer. Chacun pensait à ce que serait la prochaine rencontre. Ils avaient chacun leur idée. Serait-elle la même, comme bien souvent ? Ils allaient bien vite le savoir.

Chapitre 3

Une absence bienvenue

Profitant de l'absence de Fred, parti quelques jours en formation pour son boulot, Lisa a invité à dormir à la maison deux filles avec lesquelles elle avait fait connaissance quelques semaines auparavant. Elle avait alors échafaudé un scénario pour une soirée filles qu'elle voulait à la fois sensuelle et sexuelle. Pendant leur séance de fitness, les trois coquines avaient des regards explicites que les autres n'avaient pu ignorer. Elles s'en moquaient bien. Elles étaient à l'aise dans leurs têtes, dans leurs corps. En se changeant dans le vestiaire, leurs fous rires avaient provoqué une certaine gêne chez les autres femmes présentes. Toutes les trois étaient plutôt pas mal foutues et elles le savaient. Il y avait dans les regards, dans les attitudes, de la jalousie parfois. Les salles de sport étaient un univers impitoyable. Il fallait savoir ne pas écouter les commentaires parfois durs de personnes qui se croyaient les plus belles, les plus fortes. Dans leurs leggins ultra moulants, leurs formes étaient bien mises en valeur. Le choix de la tenue était presque plus important que la séance de fitness. Au fil des années, les vêtements étaient de plus en plus près du corps. Au niveau des attributs sexuels, le dessin était parfait. La convoitise de certains mâles se voyait fortement, provoquant des rires ou de l'envie. En se quittant, sur le trottoir, les trois filles avaient échangé un doux baiser qui avait suscité de l'émotion à quelques messieurs qui passaient devant elles. La promesse d'une belle soirée les rendait toutes les trois joyeuses. Les deux invitées ont demandé ce qu'elles devaient apporter. Leur hôtesse leur a juste demandé de se faire belles.

Lisa avait préparé de bons petits plats à déguster. Elle avait mis au frais du champagne, du vin blanc dont elle raffolait. Elle s'était apprêtée avec soin, mettant une robe légère, échancrée dans le dos, arrivant à mi-cuisse. Elle avait enfilé une paire de bas et des talons hauts, pas de sous-vêtements. Elle voulait être sexy pour ses invitées. Dans une mallette, elle avait disposé divers accessoires pour passer une bonne soirée. Elle avait nettoyé avec soin des godemichets de tailles et de diamètres différents, des boules de geisha, des plugs anaux et d'autres jouets qui procuraient énormément de plaisir quand on savait les utiliser de la bonne manière. En cuisine, elle s'était appliquée. Elle voulait que tout soit parfait. Il fallait que la nourriture soit raffinée, mais consistante. Elles allaient dépenser pas mal de calories. Pas trop d'alcool, juste de quoi s'enivrer un peu pour se désinhiber, pour celles qui en auraient besoin. Lisa savait n'avoir aucun tabou et un goût certain pour les plaisirs partagés.

La première à arriver était Sandra. Une grande brune aux yeux verts, fine, avec de jolis seins, un derrière dessiné et bien musclé. Elle portait une combinaison moulante qui laissait voir tous les détails de son anatomie. Elle avait dû faire tourner les têtes dans la rue. Elle arborait un sourire qui désarmait la jeune femme qui l'accueillait. Sans la moindre hésitation, les deux filles ont échangé un baiser léger. Sandra a tendu un petit paquet à son hôtesse. Celle-ci, surprise, lui a dit que ce n'était pas la peine, son invitée lui a assuré que ce n'était pas grand-chose. Elle espérait juste que cela lui allait lui plaire. Elle s'était fiée à son instinct pour faire son choix. Travaillant dans une parfumerie, la belle Sandra avait un large choix dans sa boutique. Pourtant, la pochette cadeau ne semblait pas provenir de cet endroit. En découvrant les flacons, la jeune femme a esquissé un sourire. Il y avait là une huile de massage aux parfums enivrants, ainsi que du lubrifiant agréablement parfumé. Lisa, passant tout près de son invitée pour se rendre en cuisine, lui a glissé au creux de l'oreille qu'elle n'avait pas forcément besoin de crème ou de gel si ses partenaires savaient l'exciter. Elle lui a précisé habilement qu'elle n'était pas fontaine, mais qu'elle mouillait bien lorsqu'on savait y faire avec elle.

L'ambiance était agréable. Il s'installait une sorte de complicité déjà qui faisait doucement monter la température dans l'appartement. Les regards se faisaient coquins. Une sensualité érotique se dégageait des corps qui ondulaient au rythme de la musique rythmée qui résonnait dans la pièce. Langoureusement, Sandra passait derrière la jeune femme qui finissait de préparer les petits fours, les verres pour servir à boire à ses invitées. Elle se frottait contre elle, son souffle dans son cou lui provoquait des frissons. C'était très agréable. L'invitée préférait attendre l'arrivée de la troisième convive pour partager un apéritif. Clara ne les fit pas attendre longtemps. La chaleur avait déjà envahi le salon où se tenaient les deux jeunes femmes qui attendaient avec impatience que la soirée se lance. Petite blonde aux formes généreuses, elle ne laissait personne indifférent. Avec son regard bleu profond, elle respirait la joie de vivre. C'était un vrai bonheur d'être en sa compagnie. Elle avait choisi une robe légère qui correspondait parfaitement à ce qu'elle dégageait comme énergie. Sa poitrine généreuse ne demandait qu'à sortir. Elle avait vraiment des atouts à faire valoir, elle savait parfaitement s'en servir dans un processus de séduction bien élaboré. Les deux autres filles l'ont accueillie avec ferveur, déjà toutes émoustillées. Elle a tendu une bouteille de champagne à son hôtesse. Toutes trois avaient des bulles dans les yeux, sans avoir bu la moindre goutte d'alcool. Les embrassades se sont prolongées. Il était évident que les filles étaient heureuses de se retrouver. De ne pas devoir partager cette soirée avec des hommes était juste magique. Lisa a eu toutes les peines du monde à se détacher de ses convives pour aller chercher ce qu'elle avait préparé. Ses deux invitées lui ont proposé de l'aider. Elle a poliment refusé, leur demandant d'aller s'installer sur le canapé, en débarrassant juste la table basse un peu encombrée. Volontairement, elle avait laissé à proximité la mallette de jouets ouverte. Quelques minutes plus tard, les trois jolies jeunes femmes étaient installées confortablement. Lisa avait pris la place au milieu, souhaitant profiter pleinement de ses deux nouvelles amies. Clara, très entreprenante, tenait un petit four entre ses dents qu'elle souhaitait partager avec Lisa. Celle-ci a approché doucement son visage. Les deux filles ont pris le prétexte de cette bouchée pour échanger un long baiser. Sandra, pour ne pas rester en retrait, a doucement commencé à caresser les seins de Lisa, à travers la robe dans un premier temps, pour ne pas brusquer les choses. Les tétons pointaient joliment, très tentant pour les ongles qui cherchaient à gratter doucement pour susciter du désir. Lisa aimait sentir le corps de la jolie brune venir se coller au sien. Ses lèvres parcouraient son cou, sa nuque. Sa langue lui provoquait une sensation agréable. Elle avait envie de se laisser aller. La petite blonde, tout en continuant de l'embrasser tendrement, a pris sa main pour la glisser entre ses jambes. Elle non plus ne portait pas de culotte. Clara voulait sentir les doigts de son hôtesse la fouiller. Leurs deux mains se retrouvaient sous sa robe. Elle s'ouvrait pour la laisser découvrir son intimité. Son entrejambe était légèrement humide, brûlant de désir. Sandra regardait avec envie ses deux partenaires de jeu. Avec douceur, elle a glissé sa bouche sur celle de Lisa. Leurs langues se sont cherchées. Des gémissements commençaient à se faire entendre. La jolie jeune femme blonde écartait bien les cuisses pour permettre à celle qui l'avait invitée pour cette soirée de mettre ses doigts en elle. La cyprine humidifiait joliment son sexe, ruisselant jusque sur l'anus qui ne demandait qu'à être titillé. Sandra est allée se placer de l'autre côté de Clara. Elle avait envie de participer activement à sa jouissance. Pendant que Lisa jouait avec ses doigts dans la chatte et le cul de la jeune femme, la troisième comparse a commencé à la lécher goulûment, allant de la vulve à l'anus avec délectation. Le goût de cette mouille semblait beaucoup lui plaire. Remontant la robe de leur copine, les deux complices lui ont caressé le ventre, les seins, le visage, avant de redescendre sur ses fesses, ses cuisses, ses pieds. La petite blonde était aux anges. Son regard se faisait de plus en plus coquin, se mordillant les lèvres pour ne pas crier lorsque les deux autres filles s'amusaient avec son clitoris. D'un geste habile, Lisa a fait glisser ses jouets jusque vers elle. Elle s'est emparée, profitant du fait que Clara avait les yeux fermés, d'un gode de belle taille. Elle a tendu discrètement un plug anal à Sandra pour qu'elles puissent faire jouir leur partenaire ensemble. La petite blonde était allongée, nue, les jambes relevées. Son petit cul ouvert ne demandait qu'à être pénétré. Sexuellement, elle aimait être prise en main par plusieurs partenaires. Elle savait se rendre excitante. Son anus, lentement dilaté par les doigts experts de la grande brune, n'a pas opposé de résistance à la pénétration du plug enduit de lubrifiant au préalable par leur hôtesse. Le gode nervuré a été utilisé par Lisa pour faire gonfler le clitoris de sa partenaire. Sandra profitait pleinement du spectacle, en faisant tourner le plug dans l'anus de Clara. La main de la jolie brune caressait les seins de la jeune femme qui recevait pour cette soirée bien coquine. Sa robe avait glissé, laissant voir son anatomie délicate. Tout en faisant pénétrer en douceur le godemichet dans la chatte trempée de la belle blonde au sexe épilé en ticket de métro, Lisa a glissé sa deuxième main entre les jambes de la grande brune qui n'attendait que cela. Une auréole se dessinait sur sa culotte, laissant apparaître son sexe aux lèvres gonflées. Elle a emprisonné la main de son hôtesse, serrant ses cuisses. Les trois filles étaient bien chaudes. Elles se déshabillaient tout en continuant de se caresser. La main de Sandra est venue glisser sur le sexe lisse de l'hôtesse de la soirée. Elles avaient envie de sentir une main, un jouet, des doigts venir fouiller leur fondement. L'excitation faisait monter la température de quelques degrés encore. Lisa était heureuse d'avoir choisi d'inviter ces deux jolies jeunes femmes, pour une soirée sexe sans prise de tête. Toutes trois recherchaient la même chose. Le plaisir était la seule chose qui les guidait dans leur pratique. Elles n'avaient pas trop de limites, détestant tout ce qui était sale ou violent. Des gémissements se faisaient entendre dans la pièce. Les choses se faisaient naturellement, tout en douceur. Les filles échangeaient pour un orgasme multiple. Elles ressentaient toutes des sensations différentes. Les caresses de l'une enchantaient l'autre, le godemichet de Lisa faisait des merveilles sur la partenaire dont elle s'occupait avec attention. Sandra était très attirée par le sexe et l'anus de Clara. Elle jouait avec l'un, puis l'autre, guettant les réactions de la belle blonde. Elle n'était pas déçue de la voir se tortiller langoureusement. Elle prenait la main de Lisa pour enfoncer le jouet de belle taille le plus profondément possible dans la chatte bien humide de leur copine de jeu. Le plug anal était passé d'un cul à l'autre, pour bien les dilater pour la suite de la soirée. Les vulves ruisselaient et brillaient de cyprine. Sandra, très gourmande, avait une folle envie de lécher ses deux partenaires, en continuant à les fouiller devant et derrière. Son excitation était communicative. Toutes trois avaient envie de prolonger tard dans la nuit. Clara s'était saisie d'un gode lisse pour le sucer, comme elle se serait occupée d'un sexe masculin, si elle en avait eu un à sa disposition. Sa sensualité incitait les deux autres jeunes femmes à lui faire du bien. Elles voulaient l'entendre jouir encore. Ses petits cris avaient quelque chose de bestial, une intensité incroyable.

Lisa et Sandra s'embrassaient tendrement, en continuant de donner un maximum de plaisir à une Clara qui s'abandonnait sous leurs caresses et leurs assauts. Le plug venait de reprendre place entre ses fesses. Elle sentait sa mouille dégouliner le long de son cul. Elle relevait les jambes pour faire admirer à ses compagnes d'un soir ses jolis orifices bien ouverts. Dans l'excitation, l'hôtesse de la soirée a laissé la place à la jolie brune. Elle lui a chuchoté discrètement de bien faire s'ouvrir la petite blonde, en l'amenant à se mettre à quatre pattes. Celle-ci semblait vouloir atteindre un orgasme puissant. Lisa est allée chercher son gode-ceinture, qu'elle a enfilé rapidement, en l'enduisant de gel lubrifiant. Sandra s'est déplacée légèrement sur le côté, continuant à s'occuper énergiquement du sexe de Clara. Celle-ci commençait à bien remuer son cul tendu. Elle ne voyait pas la propriétaire des lieux s'approcher de son anus bien dilaté, libre pour recevoir le jouet qui était tout près à présent. La surprise de la pénétration provoqua un hurlement. Lisa n'y était pas allée doucement. Elle avait enfoncé l'objet d'une belle taille tout au fond du petit cul, d'un coup de reins puissant. La belle blonde avait jeté un regard mi-furieux, mi-amusé à sa partenaire, qui avait fait preuve là d'une attitude bien masculine. L'espace d'un instant, elle avait cru qu'un mâle était venu se mêler à leurs ébats. Sandra, avec le gode qui limait la petite chatte de Clara, calquait le rythme, ainsi que l'intensité des pénétrations sur celles de Lisa qui défonçait avec vigueur l'anus de la jolie blonde, dont les cris se faisaient de plus en plus aigus. Elle en demandait encore, tendant sa croupe en la remuant pour exciter un peu plus ses deux partenaires. L'organisatrice de la soirée s'était saisie des seins d'une de ses invitées, pendant que l'autre lui labourait le vagin à grands coups de godemichet. Sexuellement, elles étaient vraiment très expérimentées dans les pratiques entre filles. Elles aimaient se toucher, se caresser, profiter du corps de l'autre si joliment offert. Pendant une dizaine de minutes, le plaisir a atteint un sommet. L'orgasme se prolongeait, pour le plus grand bonheur de celle qui le ressentait, mais aussi des deux autres filles qui y mettaient encore plus d'ardeur. La position de la jolie blonde, le cul en l'air, bien tendu vers ses copines, était une incitation à continuer. Surexcitée, Clara venait de se retirer des deux jouets qui la pénétraient depuis un petit moment. Malicieusement, en regardant ses copines de jeu, elle a passé sa langue sur le godemichet, avant de se saisir avec autorité du gode-ceinture. Ses doigts se sont enfoncés entre les cuisses de la jolie brune. D'un regard complice, elle a fait s'installer Sandra sur le canapé, les cuisses bien écartées. Lisa, toujours équipée de son gode-ceinture, est venue frotter le jouet entre les lèvres gonflées de la belle brune, remontant jusqu'au clitoris. Ce contact a provoqué instantanément un frissonnement de désir. La jeune blonde, envoûtée par le petit bouton de celle qui s'offrait maintenant aux assauts des deux autres, a entrepris de le faire gonfler. Elle voulait voir si leur copine était plutôt clitoridienne que vaginale ou anale. Elle réagissait bien, tandis que le sexe masculin factice continuait de glisser sur sa vulve sans la pénétrer. Cela la rendait folle. Elle aurait aimé sentir ce bel objet entrer en elle. Lisa prenait un malin plaisir à faire monter son désir. La jolie brune la suppliait du regard. L'hôtesse de la soirée s'est penchée pour l'embrasser, leurs langues se cherchant, pour finir par s'entremêler. Profitant de ce moment, Clara a pincé, mordillé le clitoris. Les corps des trois femmes se frôlaient, provoquant des frissons très agréables. Leurs tétons pointaient joliment. Leurs mouvements se faisaient lascifs, pour provoquer le désir chez l'autre. Cette soirée n'était pas que sexuelle, elle était avant tout empreinte d'une sensualité que chacune s'appliquait à augmenter. Lisa maîtrisait à merveille la reptation, digne du plus dangereux des serpents. Avec son gode-ceinture, elle provoquait des sensations incroyablement délicieuses à Sandra, qui ondulait telle une danseuse orientale pour tenter de faire pénétrer en elle l'objet de son désir. Clara, pour ne pas être en reste, faisait des va-et-vient avec sa langue sur le clito de la belle brune sexy. Il se dégageait de ces trois grâces un parfum délicieux, mélange de leurs liquides vaginaux qui dégageaient des effluves plus ou moins odorants, fort excitants. La pièce sentait le sexe, comme tous ces endroits dans lesquels des personnes prenaient beaucoup de plaisir ensemble. C'était enivrant de pouvoir ainsi profiter d'une soirée entre filles.

Sandra avait vraiment un corps magnifique. Elle embrassait divinement bien. Lisa ne pouvait résister à l'appel de ses lèvres fines, de cette bouche gourmande dans laquelle elle adorait mettre sa langue. Les deux filles se regardaient avec intensité, leurs yeux en disaient long sur le désir qui montait en elles. Clara ressentait fortement cette excitation mutuelle qui animait ses deux partenaires.

De temps à autre, elle mordait un peu plus fort le petit bouton de la jolie brune, pour lui rappeler qu'elle était là. Celle-ci lui jetait alors un regard incendiaire, qui signifiait qu'elle lui ferait payer ce petit jeu qui lui faisait pousser de petits cris. Très coquine, la maîtresse des lieux retardait au maximum la pénétration du sexe masculin factice fixé sur sa ceinture. Elle le frottait sur le sexe de sa partenaire impatiente, le faisait sucer par la petite blonde, avant de le poser en douceur sur l'anus de Sandra qui se dilatait instantanément sous cette légère pression. C'était une torture pour la jeune femme. Elle voulait être prise, là, maintenant. Elle remuait ses fesses pour s'avancer un peu plus encore sur le bord du canapé. La langue, la bouche, les dents de Clara faisaient des merveilles. Un orgasme montait doucement, la mettant dans un état second. Elle ne se maîtrisait plus.

Au comble de la jouissance, Lisa l'a pénétrée au plus profond de son sexe, la maintenant fermement par les hanches. Elle a rougi de ce plaisir, réclamant que ses deux copines s'occupent d'elle. Encore, plus profondément, plus brutalement, elle voulait être défoncée, démontée, déboîtée. C'était une véritable folle de sexe. Au rythme de va-et-vient de plus en plus rapides, la main de la jolie blonde frottait avec de plus en plus de vigueur le clitoris qui avait doublé de volume. Le jeu était de plus en plus vicieux, les doigts pinçaient cette excroissance de chair qui procurait visiblement un plaisir sans limites à la brune sexy qui se déchaînait. Elle haletait, suppliant ses partenaires d'un soir de continuer, de lui offrir un orgasme incomparable, long, puissant. Les deux copines s'appliquaient à trouver ce qui déclenchait chez elle une jouissance. Elles jouaient avec son intimité, en parfaites connaisseuses du corps féminin. Sa vulve ruisselait de ce coït qu'elle souhaitait ne pas voir s'arrêter. Au summum de son orgasme, elle demandait que ça s'arrête, que ça continue, que cela s'accélère. Elle ne savait plus où elle en était. Son état était proche de la démence. Elle s'agitait dans tous les sens. Elle-même ne savait plus si ces jeux lui faisaient plus mal qu'ils lui procuraient de plaisir, ou l'inverse. Le côté masculin de Lisa s'exprimait pleinement. Plus sa partenaire gémissait sous ses coups de reins puissants pour enfoncer le gode-ceinture, plus elle se faisait virile. Le clitoris, dont s'occupait toujours Clara, était à présent rouge vif. Il était gonflé, ce qui excitait énormément la jolie blonde qui n'arrêtait pas de le titiller. Les cris de Sandra se faisaient de plus en plus forts. Son hôtesse la culbutait sans aucune retenue, faisant taper la base du jouet sexuel contre sa jolie chatte rougissante, dégoulinante. Un joli clapotis ravissait les trois filles, qui aimaient lorsque leurs sexes étaient bien mouillés, pour une pénétration plus aisée, moins douloureuse que lorsqu'ils s'asséchaient.

Clara, décidément la plus coquine des trois, avait envie d'entendre hurler la belle brune plus fort, plus longtemps. Elle voulait qu'elle les supplie de stopper pour leur permettre de continuer encore et encore. Elle est venue derrière Lisa, déjà bien excitée par la vulve béante qui s'offrait à elle, lui caressant les seins de manière énergique. Sans la moindre préparation, sachant que la chatte de la maîtresse des lieux devait être bien humide, la blonde sexy lui a enfoncé trois doigts, provoquant en elle une montée du désir immédiate. Cette pénétration a décuplé la puissance des coups de boutoir en plastique entre les cuisses de la jolie brune qui écartait les jambes de plus belle. Dans cette position, la coquine avait les deux trous bien ouverts. Sa cyprine coulait entre ses fesses, faisant luire son petit anus qui se dilatait à chaque nouvel assaut. Ses seins étaient tendus, les tétons pointaient fièrement. Lisa avait des envies qu'elle allait concrétiser au cours de la nuit qu'elles allaient passer toutes les trois. L'espace d'un instant, elle a eu une pensée pour Fred. Il aurait adoré être là. Même si cela n'avait été que pour mater, le spectacle lui aurait énormément plu. La compagne du jeune homme se demandait s'il accepterait de s'amuser avec ses deux copines d'un soir, devant elle, sans qu'elle participe. Il faudrait qu'elle lui en parle.

Les pénétrations se faisaient de plus en plus rapides, profondes. Les doigts de la petite blonde fouillaient frénétiquement Lisa, qui s'ouvrait bien tout en jouant son rôle de mâle. Son entrejambe ne demandait qu'à être visité. Elle contractait son sexe sur la main de sa partenaire, qui s'enhardissait en lui titillant son petit trou avec son pouce. Sandra était au bord de l'évanouissement. Elle mouillait énormément, à la limite de devenir fontaine. Jamais elle n'avait ressenti un plaisir aussi intense dans un acte sexuel, que ce soit avec un homme ou une femme. Elle souriait. Le gode restait à présent planté au fond de son vagin brûlant. Lisa le faisait tourner à l'intérieur, pour bien l'élargir. Clara, appliquée, agrandissait la chatte de son hôtesse. Lentement, elle faisait entrer sa main entre ses cuisses, provoquant chez elle une douleur lors des premiers va-et-vient, avant que cela ne se transforme en un plaisir intense. Elle serrait ses jambes, forçant la partenaire qu'elle pénétrait à remuer pour bien ouvrir sa vulve gonflée. Peu à peu, Clara a attiré Lisa un peu en retrait, la faisant se retirer du sexe de Sandra qui dégoulinait. Elle était belle ainsi offerte, elle plaisait beaucoup à ses copines qui n'en avaient pas fini avec elle. Pour le moment, la petite blonde voulait s'occuper de celle qui les avait accueillies pour cette belle soirée. La main toujours bien enfoncée dans le sexe de la maîtresse des lieux, la coquine aux cheveux clairs a commencé une fellation sur le phallus factice enduit de la mouille de sa copine aux cheveux noirs. Celle-ci se remettait difficilement de cet acte sexuel qui s'était prolongé au-delà de ses espérances. Clara était accroupie devant Lisa qui lui baisait la bouche avec application, avec ce sexe masculin qu'elle adorait utiliser. Sandra, très excitée, avait envie de donner un maximum de plaisir à la jolie fille qui lui offrait l'hospitalité de son appartement, de son corps, de son lit dans lequel elles allaient s'éclater comme des folles. Se saisissant d'un gode long, de diamètre normal, nervuré, d'un flacon de lubrifiant, elle est venue se positionner derrière Lisa, qui ondulait au rythme de la fellation et de la main qui la fouillait en la faisant bien s'ouvrir. Le fist avec une main de femme, elle parvenait à l'endurer, une main masculine était souvent trop large, la faisant hurler de douleur. La préparation de son petit trou a été faite avec délicatesse, prenant le temps de le dilater avec de petites noisettes de gel intime. Sandra y a mis un doigt en douceur, pour tester la réaction de sa partenaire. Celle-ci ne semblant pas réagir de manière négative, elle s'est amusée à poser le jouet sexuel sur le bord de l'anus. Lisa avait les yeux fermés. Elle savourait cet instant. Elle aimait qu'on s'occupe d'elle ainsi. La main de Clara était bien ancrée dans son vagin étroit, elle serrait fort pour la garder en elle. Sandra, voyant l'anus bien réagir à ses sollicitations, a commencé à y faire pénétrer le godemichet tout en douceur. Un petit cri a échappé à l'hôtesse de la soirée sexe. Elle était très friande de sodomie. Avec des partenaires masculins, elle avait déjà testé la double pénétration anale. Cela avait été l'occasion de constater l'élasticité de son petit trou, qui s'élargissait presque plus facilement que sa vulve vaginale. Lisa aimait beaucoup les pénétrations profondes. Elle n'aimait pas forcément les pénis larges, mais une belle longueur lui convenait bien. Le jouet choisi par Sandra mesurait vingt centimètres. De quoi bien aller au fond de son anus. Comme avant chaque soirée sexe, elle avait fait un lavement pour éviter les désagréments. Clara, qui semblait être une passionnée de pipes, continuait à bien lécher le gode-ceinture sur toute sa longueur. Sa partenaire remuait d'avant en arrière sur la main qui continuait à la fouiller. Les petits allers-retours du jouet entre ses fesses imprimaient un rythme lent qui apportait beaucoup de sensualité à l'acte. La jolie blonde, s'occupant de la chatte trempée de sa copine de jeu, lui caressait en même temps les seins. Lisa appréciait les caresses que ses deux partenaires lui prodiguaient. Elle s'abandonnait complètement. Elle voulait prendre beaucoup de plaisir. Elle se cambrait pour bien laisser le gode entrer plus profondément dans son cul bien dilaté. Ses fesses fermes plaisaient beaucoup à Sandra, qui s'en occupait bien. Elle voulait lui provoquer une jouissance anale, pendant que Clara s'appliquait à faire monter en elle le désir vaginal. Ses deux trous ainsi ouverts, elle sentait la mouille lui dégouliner le long des jambes. Ce jus chaud était très agréable à sentir couler. Les deux filles se coordonnaient parfaitement pour amener leur hôtesse à la jouissance. Son anus se contractait sur le gode planté bien profondément en elle. Sa vulve était grande ouverte, laissant les doigts de la petite blonde aller et venir de plus en plus vite. Lisa se mordait les lèvres pour retenir au maximum ce petit cri qu'elle avait envie de pousser. Clara s'est lentement relevée, pour venir l'embrasser tendrement. Leurs bouches se sont jointes, leurs langues joueuses se sont entrelacées entre leurs lèvres gourmandes. La jolie blonde sexy se collait au corps de sa partenaire, lui enfonçant avec autorité ses doigts entre les cuisses. La belle ne demandait que cela. La croupe était plus tendue que jamais vers Sandra, qui se régalait du spectacle de ce gode qu'elle faisait coulisser avec délicatesse jusqu'au fond de ce cul magnifique, pour le faire ressortir, avant de le remettre. Cette femme qui avait lancé l'invitation pour ce soir-là était décidément une sacrée cochonne. Un râle a échappé à Lisa, lorsque Sandra a commencé à faire tourner le jouet dans son petit trou. L'extrémité était tout au fond. Ce joli moment était vraiment délicieux. Se faire sodomiser était vraiment une pratique dont elle raffolait. Il faut dire que Fred n'était pas le dernier à passer par-derrière.

La jolie maîtresse de maison était debout, les jambes fléchies, la main de la belle blonde s'enfonçant de plus en plus vite dans son sexe de plus en plus luisant de cyprine. Cul tendu, elle recevait son dû, le godemichet lui perforant méthodiquement son anus maintenant complètement dilaté. C'était du pur bonheur. Lisa a senti l'orgasme monté en elle. Une chaleur intense l'a envahie. Elle se retenait pour ne pas hurler. Ce n'était pas l'envie qui lui manquait de se lâcher. Ses copines de jeu l'encourageaient. Elles faisaient tout pour lui offrir une jouissance intense. Le rythme s'était accéléré. Le clapotis vaginal trempait les doigts de Clara. Les trois filles étaient plus chaudes que jamais. Elles avaient soif de liquide vaginal. Elles avaient faim du corps de l'autre. Expérimentée, Lisa a proposé à ses deux invitées d'aller prendre une douche. Elle leur avait préparé un peignoir chacune, ainsi que tout le nécessaire dont elles pouvaient avoir besoin pour bien se nettoyer intimement. Profitant de ce petit intermède, la maîtresse de maison a mis son four en marche. Elle a vérifié qu'il y avait bien de quoi boire un verre au frigo, ainsi que les petites douceurs sucrées qu'elle était allée chercher chez son pâtissier préféré. Elle était complètement nue, devant ses fourneaux. Carla lui souriait, léchant avec gourmandise les doigts qu'elle venait de retirer de son sexe. La nuit promettait d'être chaude. Avec deux partenaires de cette qualité, Lisa ne s'était pas trompée. Elles aimaient le sexe au moins autant qu'elle. Elles allaient prendre le temps de grignoter un morceau pour reprendre des forces. Elles allaient en avoir besoin. Chacune leur tour, elles sont passées rapidement sous la douche, impatiente de se retrouver sur le canapé. Les trois femmes ont échangé. Leur discussion les a conduites à se raconter leur vie. Elles se connaissaient très peu en réalité, n'ayant parlé que de sport et de sexe, avec humour, lorsqu'elles se retrouvaient après leurs séances de fitness. Cette soirée était une réussite, elles se découvraient beaucoup de points communs. Il se faisait déjà tard lorsque Lisa a proposé à ses nouvelles amies de rejoindre la chambre à coucher. Les deux invitées voulaient ranger un peu. Lisa les en a dissuadées, précisant qu'elle le ferait le lendemain matin. Elle sentait le désir de nouveau monter. Elle ressentait également l'envie chez ses partenaires. Dans un éclat de rire, Clara a projeté Sandra sur le lit. Son peignoir s'est ouvert, laissant sa vulve toujours aussi gonflée apparaître. La jolie blonde, malicieuse, est venue près de Lisa pour lui demander si elle avait une cordelette, ou une paire de menottes. Celle-ci, un peu surprise, est allée dans son placard. Discrètement, elle a glissé dans la main de la petite blonde sexy une cordelette fine. D'un clin d'œil, celle-ci a incité Lisa à venir maintenir la grande brune, le temps qu'elle lui attache les mains aux barreaux de la tête de lit. Elle tenait sa vengeance. Elle n'avait pas l'intention de laisser échapper cette occasion. Chevauchant leur victime consentante, chacune des deux filles a immobilisé une partie de son corps. Une s'occupant de lui entraver les mains, l'autre lui attachant les pieds pour l'offrir à leurs assauts grande ouverte, en position d'étoile de mer, sur le dos. Les deux coquines étaient satisfaites, elles avaient une vue imprenable sur les moindres détails de l'anatomie de la jolie brunette. Clara avait un petit sourire malicieux. Elle savait pertinemment ce qu'elle avait envie de faire subir à Sandra. Lorsque celle-ci s'était amusée avec son clitoris jusqu'à lui faire mal, elle lui avait promis de se venger. Le jeu allait être amusant pour toutes les trois, puisque le leitmotiv était le plaisir partagé. La petite blonde sexy a enfilé le gode-ceinture de Lisa. Provocante, elle a regardé l'entrejambe de sa partenaire qui ne pouvait pas lui échapper. La fixant dans les yeux, elle a enduit le sexe masculin factice de lubrifiant. La maîtresse des lieux n'intervenait pas. Le jeu était entre ses deux invitées. Faisant mine de vouloir se dégager, alors que Clara s'approchait, Sandra se débattait pour tenter de se relever, de se tourner. Sans succès. Les liens étaient suffisamment serrés pour lui interdire tout mouvement, mais pas trop non plus pour ne pas lui occasionner de blessures. Il fallait impérativement que cela reste ludique. Les trois filles n'étaient pas des adeptes du BDSM. Clara avait fait une incursion, avec un de ses petits amis, dans cet univers. Elle avait connu quelques situations jouissives, des explosions orgasmiques lorsque les pratiques étaient extrêmes, notamment avec des partenaires multiples. Néanmoins, elle était bien vite revenue à la raison, lorsque ses partenaires sadomasochistes ont voulu faire d'elle leur soumise. Se soumettre n'était pas un problème pour elle, ce qu'elle acceptait lors de cette soirée en était la meilleure preuve. En revanche, la relation maître-soumise ne lui convenait pas du tout. En cet instant, elle adorait voir la jolie brune tourner autour du lit, se comportant comme un homme, en lui parlant de manière crue. La coquine était très excitée de cette situation. Elle aimait être attachée, offerte. Avec ses partenaires masculins, il était régulier qu'elle fasse des plans cul à l'hôtel, les yeux bandés, attachée nue sur le lit, à se faire prendre à de multiples reprises par des hommes choisis par son amant ou son petit ami du moment. Là, elle préférait voir ce qui se passait. Elle aimait le corps de Clara. Cette petite blonde était vraiment super bien foutue. Avec des attributs de mâle, elle franchissait un cap supplémentaire dans l'excitation qu'elle suscitait à ses partenaires d'une nuit. Lisa n'était pas insensible aux charmes de la belle. Clara s'est agenouillée entre les cuisses de Sandra. Elle s'est adressée à elle en la qualifiant de « coquine », de « cochonne », de « salope », tout en lui caressant les seins avec fermeté. Ses doigts se refermaient sur les mamelons. C'était agréable, au début. Parce que, au fur et à mesure, l'intensité et la pression se faisaient de plus en plus fortes. Sa partenaire voulait l'entendre dire qu'elle aimait ça, qu'elle voulait qu'elle continue. Au lieu de cela, elle se mordait les lèvres pour ne pas crier. Ses seins étaient la partie la plus sensible de son corps. La jolie blonde avait trouvé son point faible, tout comme elle avait trouvé le sien plus tôt dans la soirée, en jouant avec son clito sans retenue. Lisa se caressait en regardant ses deux copines jouer ce jeu érotico-sensuel. Elle ne voulait surtout pas troubler ce scénario mis en place par cette invitée qui semblait avoir une sexualité débridée, vu ce qu'elle leur avait raconté lors de leurs discussions intimes. Elle jouait parfaitement son rôle de mec, viril, avec une brutalité maîtrisée. La vulve de Sandra brillait. Elle était magnifique. Lisa s'était installée de manière à bien la voir s'ouvrir sous les différentes caresses, plus ou moins appuyées, de Clara. Celle-ci avait planté son regard dans celui de cette femme qui était à sa merci. Lui montrant la verge qu'elle arborait, elle lui a demandé, provocatrice, si c'était cela qu'elle voulait. Répondant d'une voix étouffée, sa partenaire sexuelle lui a demandé de répéter, encore et encore. Elle voulait l'entendre la supplier de la prendre. Elle continuait de lui malaxer les seins, en triturant les tétons avec acharnement. La jolie brune était au bord des larmes. Cette torture était à la limite du supportable pour elle. Lorsque le pénis en plastique est entré en elle, d'un coup sec, elle était à la fois heureuse et inquiète. Le regard de la blondinette était étrange, presque lubrique.

Elle avait déjà rencontré ce genre de regard, lorsque, plus jeune, elle s'était adonnée à des *gangs bangs*, des partouzes au nombre de participants ouvert. Elle assumait parfaitement d'aimer le sexe, avec des garçons, des filles. Pratiquer des actes sexuels avec des inconnues ne lui posait pas le moindre problème, du moment que le respect était présent. Elle détestait la violence gratuite, inutile, qui n'apportait rien en matière de jouissance et de plaisir. La surprise passée de cette brutalité plutôt masculine, la jeune femme s'est laissé aller au rythme des coups de boutoir puissants que lui assénait sa partenaire. Cette dernière continuait de lui pincer les tétons, les faisant vriller sous ses doigts. C'était un supplice pour la coquine qui ne pouvait échapper à ces assauts incessants. Sandra poussait de petits cris qu'elle étouffait au maximum pour ne pas donner la satisfaction à celle qui voulait la conduire aux limites de la douleur et de la jouissance, d'avoir gagné. Les deux femmes luttaient, l'une pour résister à l'orgasme qui pouvait survenir à tout moment, l'autre pour le provoquer. Pour Lisa, ce spectacle était un véritable régal. L'hôtesse de la soirée regardait avec délectation la jolie brune se faire détruite méthodiquement la chatte par ce gode-ceinture qu'elle aimait tant utiliser elle-même. Elle ne regrettait pas de l'avoir prêté à la petite blonde, qui savait parfaitement l'utiliser pour pilonner le sexe grand ouvert de la jeune femme qu'elle avait rendue soumise. Le labourage en règle s'est poursuivi pendant une bonne quinzaine de minutes, sans relâcher les efforts pour donner un maximum de plaisir à sa partenaire. Allongée sur elle, elle avait entrepris à présent de lui mordre furieusement les mamelons. Elle voulait l'entendre hurler. Le coït devenait de plus en plus sauvage. Pour le plus grand bonheur de Lisa, la vulve de Sandra a craché de petits jets de mouille qui venaient tacher les draps. La pièce sentait le sexe, le stupre, la sueur. Les draps se froissaient sous ses fesses, à force de se faire limer comme une nymphomane. Plus Clara y allait fort, plus elle lui demandait d'aller profondément. La blondinette, en état de surexcitation, a ressorti d'un coup le gode du vagin de sa copine. Elle est venue installer sa tête entre ses cuisses trempées, pour lui lécher sa petite chatte frénétiquement. Elle a incité Lisa à la rejoindre, pour qu'elles puissent la faire crier comme jamais, en lui bouffant la chatte et le clitoris. Les lèvres et le petit bouton étaient bien gonflés. L'explosion était proche. Les deux jeunes femmes s'affairaient pour provoquer un orgasme clitoridien, après qu'un vaginal ait volontairement été interrompu par la petite blonde qui voulait posséder complètement cette partenaire qui lui plaisait décidément beaucoup. Avec leurs langues, avec leurs doigts, les filles s'occupaient avec application de provoquer un état de transe chez leur copine. La jolie brune était très réceptive. Elle supportait tout avec résignation. Elle ne pouvait de toute manière rien faire pour échapper aux différents assauts que les autres lui réservaient. Son orgasme a été intense, des jets saccadés de cyprine ont inondé les deux visages des coquines qui continuaient à lui malaxer le sexe et le clito. De longues minutes durant, des hurlements ont retenti dans la pièce, des spasmes ont secoué le corps de Sandra. Lisa a entrepris doucement de la libérer de ses liens.

Peu à peu, tout est revenu au calme. Les trois filles se sont allongées les unes contre les autres. Elles se sont embrassées, caressées, une bonne partie de la nuit, ne s'endormant qu'au petit matin. Elles avaient laissé de côté leurs jouets pour n'utiliser que leurs mains, leurs doigts, leurs langues pour se faire du bien. Les sexes rougis, gonflés commençaient à les faire souffrir. Elles se sont donc blotties, laissant Lisa au milieu de ses deux copines coquines. Elles se sont endormies ainsi, sans la moindre promesse d'une nouvelle rencontre. Leur principe étant de ne jamais prévoir, pour laisser libre cours à leurs désirs. En se séparant dans la matinée, elles ont échangé de tendres baisers empreints d'une sensualité débordante. Lisa savait déjà qu'elle raconterait en détail cette nuit en charmante compagnie à son homme afin de provoquer en lui des émotions, de lui donner envie de se livrer à de nouvelles expériences.

Chapitre 4

Une histoire d'hommes

À son retour de déplacement, Fred était de très bonne humeur, heureux de retrouver sa belle, qui, elle aussi, arborait un large sourire en l'embrassant fougueusement. Les deux amoureux avaient besoin de ces moments d'intimité, parfois, juste se retrouver, se poser dans leur canapé, tendrement enlacés, se raconter leurs journées loin l'un de l'autre. Dans l'œil coquin de Lisa, le jeune homme a lu, comme dans un livre ouvert, l'étincelle que provoquaient souvent chez lui une rencontre, un acte sexuel agréable. Même s'il ressentait parfois une pointe de jalousie s'emparer de lui, il n'en laissait rien paraître. C'était une réaction légitime, humaine, qui ne l'empêchait pas de laisser une liberté totale à sa compagne. Pour le provoquer, elle lui a raconté sa soirée filles. Elle n'a négligé aucun détail, exagérant même, à peine, certains passages de cette nuit qu'elle semblait avoir appréciée. Elle ne tarissait pas d'éloges sur ses deux partenaires, vantant le cul de rêve dc

Sandra, les seins incroyables et le clitoris hypersensible de Clara. La jeune femme était décidément très en forme. Elle était heureuse de le retrouver, c'était évident, mais il n'y avait pas que cela. Une chose rare se produisait. Elle incitait son compagnon à rencontrer les deux jeunes femmes avec lesquelles elle avait passé une des meilleures soirées cent pour cent féminines de ces derniers mois. Enlacés sur le canapé, ils voulaient juste partager un joli moment de tendresse. Seulement, comme à de nombreuses reprises, cela allait certainement les amener à un câlin plus poussé. Leur sexualité ayant retrouvé, ces derniers temps, un nouvel élan, ils avaient envie plus que de raison. C'était ce qui leur faisait rencontrer plus régulièrement d'autres partenaires. L'évocation des actes sexuels auxquels avait participé Lisa, ou simplement ceux qu'elle avait matés provoquait une sensation très agréable chez Fred. Il était plus amoureux que jamais. Au travers du récit de la femme de sa vie, le jeune homme s'est revu lors de ces quelques jours de déplacement. Il en avait bien profité aussi.

Patiemment, il avait écouté sa belle lui décrire, avec de l'émotion dans la voix, le sexe gourmand de celle qu'elle appelait la grande brune. Elle avait également évoqué, avec des étincelles plein les yeux, la folie de la petite blonde sexy. Un sourire aux lèvres, il imaginait ces trois femmes ensemble. Blottie contre le torse de son homme, Lisa s'est tue. Elle attendait qu'il lui raconte ce qui lui avait donné tant de satisfaction lors de cette courte absence. Elle se doutait bien que ce n'était pas ses réunions de boulot qui l'avaient ainsi épanoui. Il s'était forcément passé quelque chose de bien plus agréable. Elle voulait tout savoir. Se servant un verre, en proposant un à sa compagne, il est revenu se coller contre elle. Il lui a parlé d'un certain directeur commercial, un homme d'une élégance rare, d'une cinquantaine d'années, avec une prestance, un sex-appeal auquel il n'avait pas pu résister. Une belle rencontre, comme il en faisait trop rarement dans le cadre de sa fonction. Claude dégageait quelque chose de spécial. Il avait à la fois ce côté masculin qui en imposait, et ce côté féminin qui lui donnait un charme fou. Lors des séances de travail, il était un des intervenants principaux de cette session. Fred avait instantanément été hypnotisé par ce personnage charismatique. Dès leurs premiers échanges, un fluide était passé entre eux. Tout au long de la journée, ils avaient échangé des regards qui se voulaient déjà complices. Le collègue, avec lequel Fred était venu, était gêné. Il ne savait rien des orientations sexuelles de cet homme qu'il côtoyait uniquement dans le cadre professionnel.

Au déjeuner, Claude avait imposé Fred à sa table. Celui-ci s'était ainsi retrouvé au milieu de personnes inconnues. La discussion n'était pas passionnante. Elle tournait uniquement autour de la stratégie de leur banque, une bonne manière de revenir sur terre. Le sérieux de tous ces pontes de la société les rendait ennuyeux. L'esprit ailleurs, le compagnon de Lisa avait eu une érection spontanée, dès la reprise de la réunion, en début d'après-midi, qu'il ne parvenait pas à endiguer. Il bougeait sur sa chaise, tentant par tous les moyens de faire redescendre cette pression qui le gênait dans son pantalon ajusté. La situation était embarrassante, surtout si quelqu'un d'autre s'en apercevait. Lorsque la pause est intervenue, Claude s'est approché de Fred. Celui-ci ne bougeait pas de sa place. Il sentait une chaleur l'envahir. Rougissant, il n'osait pas regarder son interlocuteur dans les yeux. Il venait juste de parvenir à faire retrouver sa taille normale à son sexe. Il ne fallait pas qu'une pensée coquine revienne. S'enfuyant presque, il s'est précipité aux toilettes pour se rafraîchir. Il avait presque été impoli envers un de ses supérieurs. Il ne pouvait faire autrement. Lui d'ordinaire si à l'aise, si sûr de lui, s'était senti vulnérable dans cette situation inconfortable. Il parvenait généralement à contrôler ses érections. Celle-là, il ne l'avait pas sentie venir. Un seul regard vers le postérieur de l'intervenant avait suffi à lui tendre le pénis. À cette évocation, Lisa a souri. Elle aimait beaucoup voir son homme bander. Il avait une jolie queue longue, pas trop épaisse, pas trop veineuse. Une bite était rarement belle, mais la sienne était plutôt agréable à regarder, à toucher, à sucer. La journée de travail n'avait pas eu un grand intérêt. C'était, comme bien souvent, une remise à plat des objectifs de chacun dans son agence bancaire. Fred savait que, dans les mois à venir, il allait être amené à prendre un poste supérieur. Il allait probablement changer d'établissement pour se consacrer au secteur des prêts immobiliers. Il lui fallait donc être attentif lors des différents échanges. Ses interventions étaient appréciées. Claude, lorsqu'il faisait des présentations, acquiesçait d'un mouvement de tête. Il avait parfaitement préparé ses dossiers. Il ne s'est pas aperçu qu'un autre conseiller bancaire, d'une grande agence, un jeune loup, appréciait grandement son travail.

En début de soirée, les participants, tous logés dans le même hôtel, se sont retrouvés au bar. De petits groupes se sont formés. Fred s'est installé au comptoir avec son collègue de la même agence que lui. Un directeur financier a discuté avec eux quelques instants, avant que Claude ne vienne se joindre à eux. Rapidement, la conversation s'est orientée vers des sujets personnels. Le jeune collègue de Fred s'est éclipsé, il se sentait de trop. Les deux hommes restés en tête à tête discutaient, souriants, comme s'ils se connaissaient depuis toujours. Les yeux dans les yeux, il était évident qu'il se passait quelque chose de particulier entre eux. Ils ont bu deux ou trois verres, afin de se mettre à l'aise. L'aîné des deux n'avait pas trop envie de partager le dîner avec leurs autres collègues. La plupart étaient ennuyeux, voire carrément chiants. Fred l'a convaincu pour ne pas attirer l'attention sur eux. Ils pourraient s'échapper discrètement, le plus rapidement possible, au cours du repas. Claude n'étant pas très apprécié de plusieurs intervenants, en raison de son franc-parler et de son ascension rapide au sein de la société, il ne lui a pas été difficile de se retirer, une fois le dessert avalé. Il a souhaité une bonne soirée à la cantonade. Fred ne lui a pas emboîté le pas immédiatement. Il a discuté avec l'un, avec l'autre. Profitant d'un silence pesant qui s'est installé, le jeune homme s'est levé doucement, voyant son collègue d'agence esquisser un mouvement. Il a attendu un instant dans le hall de l'hôtel, en laissant d'autres prendre l'ascenseur. Ainsi, personne ne verrait que Fred ne rejoignait pas sa chambre, mais celle de son supérieur hiérarchique. Arrivé devant la porte, Fred a eu une légère hésitation : et s'il s'était trompé sur les orientations de Claude ? Si ce dernier n'était qu'un séducteur, tout juste bon à se faire mousser devant ses collaborateurs. C'était un risque à prendre, qui pouvait avoir des conséquences désastreuses en cas d'erreur. L'instinct du jeune banquier le trompait rarement. Il y avait des signes révélateurs, qu'il avait perçus chez son aîné. Il a donc frappé de manière assurée à la porte de ce supérieur avec lequel il avait envie de vivre une expérience purement physique. Lorsque la porte s'est ouverte, Fred a su ne pas s'être fourvoyé : Claude était en peignoir. Nu en dessous. Il a invité son collaborateur à entrer, l'incitant à se mettre à l'aise. Il avait commandé du champagne, ainsi que quelques petites pâtisseries à grignoter. Le room service n'allait pas tarder à leur apporter la commande. Ils se sont donc sagement assis sur le canapé, espérant que l'attente ne serait pas trop longue. Une érection faisait lentement se dessiner une belle bosse dans le pantalon de Fred. Il se sentait à l'étroit dans ce shorty et ce pantalon vraiment trop ajusté pour ce genre de circonstances. Le regard de Claude s'est rapidement porté sur l'objet de son désir. Il était impatient de pouvoir le découvrir. Quelques minutes plus tard, les petites douceurs étaient enfin arrivées, le serveur reparti avec un généreux pourboire en poche. Pour plus de sécurité, pour ne pas être dérangés, la porte a été fermée à clé. Surtout parce que le plus âgé des deux était un homme entreprenant. Sitôt servies les coupes de vin aux fines bulles, il avait posé sa main sur le sexe de son cadet. La main était ferme, elle serrait bien le pénis de Fred qui continuait doucement de gonfler et de durcir. Claude lui a dit qu'avec son physique, il devait faire un malheur, autant chez les hétéros, que chez les homos. Ne souhaitant pas qu'il y ait de méprise, le jeune homme a tenu à préciser tout de suite qu'il était bi actif. Un grand sourire s'est dessiné sur le visage de l'homme plus mûr. Bien conservé, il avait un corps plutôt agréable à regarder. Un joli cul ferme que son jeune collègue regardait avec envie. Le peignoir venait de glisser. Pour le rassurer, son partenaire d'un soir lui a confirmé être homosexuel refoulé, puisque marié et père de famille. Son péché mignon était de se faire défoncer le cul régulièrement par de jeunes étalons. Il aimait les mâles virils, endurants, qui savaient se servir de leur bite pour faire gueuler le mec qu'ils enculaient. Les termes étaient crus, ils avaient le mérite d'être clairs. Il a également précisé qu'il branlait, mais ne suçait pas. Il aimait bien les assauts violents, avec des partenaires aux sexes surdimensionnés. Un rire lui a échappé, montrant son sexe qu'il jugeait sous-dimensionné. Un petit calibre dont il n'aimait pas vraiment se servir. Il lui avait juste servi à donner du plaisir à sa femme, il y avait bien longtemps, lorsque le projet était de faire des enfants.

Régulièrement, lors de colloques ou réunions de boulot, il se laissait aller avec de jeunes hommes qui ne demandaient qu'à se vider les couilles, parfois contre une petite rémunération pour récompenser la performance. Fred a commencé à vouloir préciser que lui ne se prostituait pas. L'autre a mis son doigt sur ses lèvres. Il savait. Ce qui guidait les deux hommes, c'était la recherche du plaisir. Chacun allait devoir s'adapter aux désirs de l'autre. Claude, pressé de sentir son partenaire se glisser entre ses fesses, lui a demandé sans plus de cérémonie de lui prendre le cul. Au vu de la longueur du sexe de Fred, il savait qu'il allait passer un bon moment. Le jeune homme a attrapé fermement son aîné par les hanches, pour l'installer à quatre pattes sur le tapis devant le lit. Il a mis de la salive sur ses doigts, a fait un aller-retour rapide dans l'anus de son partenaire, avant de lui fourrer sa queue jusqu'à la garde. Il est resté planté bien au fond, tournant bien sa verge pour dilater ce trou qui ne demandait que ça. Claude tendait son cul pour bien sentir le marteau-pilon de son partenaire lui détruire méthodiquement son trou du cul. Il adorait se faire éclater la rondelle. Même lorsque cela lui faisait mal, il voulait que l'autre continue. Il aimait repousser les limites de la souffrance, de la jouissance extrême. Fred était très excité par ce petit trou soigneusement épilé. Il avait très envie d'entendre son chef hurler, lui demander d'arrêter, pour pouvoir le démonter encore plus fort. Cela lui provoquait des érections encore plus dures de savoir qu'il sodomisait un homme, dont la position sociale était respectable, un bon père de famille.

La journée, ces hommes se comportaient comme des machos, ayant un ascendant évident sur tous ceux qui les entouraient. Ils aimaient avoir le contrôle, dominer, imposer leurs idées, leurs théories. En revanche, le soir venu, ils se transformaient en de véritables salopes, prêts à offrir leur cul à n'importe quel mec qui leur plaisait. Fred enculait Claude avec force. Il semblait apprécier ces coups de reins puissants qui faisaient claquer les couilles de son partenaire contre son cul. Il se forçait à ne pas gémir, à ne pas émettre le moindre son.

Il serrait les dents. La bite de son amant d'un soir était longue, il allait à chaque pénétration bien au fond. Il avait bien fait de se faire un lavement, juste avant l'arrivée de son bel étalon. Il avait le cul bien propre. Il espérait que cela plaisait à son nouvel ami. Parce qu'il y avait des hommes qui aimaient le crade, les cachous qui se diluaient lorsqu'ils tapissaient l'intérieur de l'anus de leur sperme. Il sentait que son partenaire était un homme raffiné en matière de sexe. Il devait sélectionner avec soin celles et ceux avec qui il s'adonnait à des actes sexuels. Il avait cette distinction rare. Cela se sentait, dans l'action, qu'il avait une belle expérience. Il se faisait tantôt sauvage, tantôt plus doux, pour s'enfoncer plus profondément encore. Claude s'amusait à serrer des fesses pour sentir la puissance de celui qui s'occupait de son petit trou. Il le lui avait déjà joliment dilaté. Cette résistance excitait encore plus le jeune homme, qui chevauchait alors son aîné. À deux ou trois reprises, de petits cris lui ont échappé, lorsque les coups de reins se sont faits brutaux. Fred se faisait de plus en plus pressant, traitant son partenaire de cochonne, de belle petite pute. Ses couilles rebondissaient contre le cul ferme du quinquagénaire. Il menait le coït comme il l'entendait. En pleine action, il s'est retiré, laissant son amant frustré, pour aller boire une gorgée de ce breuvage frais et délicieux à sa disposition. Il s'est assis sur le bord du lit, regardant Claude qui ne bougeait pas, attendant qu'il revienne s'installer en lui. Il l'a nargué, prenant un petit four entre ses dents. Le corps du plus expérimenté en âge des deux était en ébullition. Il voulait de la bite, que son cul soit pris, sentir des va-et-vient incessants, rapides. Un rire a échappé à Lisa. Elle n'en croyait pas ses oreilles. Son compagnon s'était amusé avec un de ses partenaires d'un soir. Il l'avait fait languir. Il s'était masturbé en le regardant, tout en sirotant du champagne et en dégustant de délicieux petits fours sucrés. Elle avait hâte de connaître la suite des événements. Fred, une fois rassasié, avait demandé à Claude de le rejoindre sur le lit. Il avait regardé son partenaire se lever, le sexe pendant. Effectivement, heureusement qu'il n'était qu'actif, parce que ce petit sexe ne lui aurait pas procuré de grandes sensations. Même si la taille ne faisait pas tout, là, c'était vraiment un tout petit pénis. Les deux hommes ont discuté, Claude masturbant énergiquement Fred. Il avait très envie de lui. Pour le chauffer, il lui a raconté quelques-unes de ses expériences récentes. Surtout celles qui lui avaient procuré une jouissance incroyable. La plus mémorable étant celle qui avait vu un homme super bien monté lui déchirer l'anus. Il fermait les yeux pour raconter cet acte sexuel inoubliable.

Un soir de solitude, après une journée de boulot de merde. Il était sorti boire un verre dans un bar. Un mec au physique banal l'avait abordé. Il lui avait chuchoté à l'oreille que son petit cul le faisait bander. Il avait envie d'y mettre sa queue. Direct. Efficace. Il y avait un petit hôtel juste à côté. Les deux hommes y ont pris une chambre. Le gérant s'est un peu fait tirer l'oreille. Ils ne voulaient pas payer la nuit complète. La négociation était âpre. Finalement, Claude a fini par régler la totalité, précisant qu'ils en auraient pour deux ou trois heures. Le patron pourrait ainsi disposer de la chambre à sa guise ensuite. Le coup d'un soir était un mâle, avec des attributs qui ont fait s'exclamer le banquier de cinquante ans. De belles queues, il en avait déjà vu, mais celle-là avait des mensurations hors norme. Il a demandé à son heureux propriétaire s'il était acteur porno. L'autre lui a répondu par la négative. Claude s'était retrouvé plaqué au mur, le pantalon et le caleçon baissé sur les chevilles. Sans préparation, la verge s'était enfoncée entre ses fesses. Cette pénétration à sec lui avait fait mal. Il avait serré les dents. La grosse bite était dure comme un morceau de bois. Elle lui remuait le bas-ventre. Il ressentait des sensations étranges. La brutalité de son coup d'un soir était effrayante. Il lui avait fait ouvrir son trou du cul comme jamais. Il l'avait enculé en l'insultant, lui faisant couler des larmes. Il lui avait défoncé le cul à un rythme régulier, en tapant chaque fois bien au fond. Subissant ces assauts, il ne sentait plus son anus, ses abdominaux se contractaient pour résister. À force de se faire limer de plus en plus vite, de plus en plus fort, une brûlure intense s'est fait ressentir. Les bords de l'anus ont commencé à se craqueler. Un filet de sang a coulé. Le partenaire avait pris le soin de mettre un préservatif. Il était un habitué des *one shot*. Souvent, ses partenaires, hommes ou femmes, ne souhaitaient pas renouveler l'expérience avec lui. Tenant fermement Claude pour bien lui éclater le cul, il ne l'a lâché que lorsque le sperme est venu remplir le contraceptif qu'il portait sur son sexe tendu à mort. N'ayant plus la notion du temps, Claude s'est rendu compte qu'il venait de se faire détruire le cul par un véritable étalon pendant plus de deux heures. Pas une fois l'autre n'était ressorti pour le laisser respirer, pour laisser son anus se resserrer un peu. Il avait habilement alterné les séquences de destruction méthodique avec les petits coups de queue qui le faisaient hurler. Une fois satisfait, il s'était juste rhabillé. Il était parti sans un mot. Claude ne connaissait même pas son prénom.

Cette histoire excitait énormément Fred. Il n'aimait pas ce genre de relation sexuelle, uniquement basée sur la violence. Il aimait entendre, regarder parfois des récits d'actes brutaux consentis par les deux partenaires. Il ne pratiquait pas. Il aimait être viril, mais se comportait toujours avec respect avec ses partenaires. En cet instant, il avait envie de montrer à son aîné ce qu'il savait faire. Il voulait lui offrir une belle séance de jouissance. Un orgasme anal était toujours une jolie récompense, que ce soit avec un partenaire masculin ou féminin. De nombreux hétéros aimaient se faire doigter le cul pendant qu'ils limaient. Fred, lui, n'aimait pas du tout qu'on lui titille l'anus. Cela ne lui procurait aucune sensation agréable. Lisa avait fait quelques tentatives qu'il avait bien vite fait avorter. Ce qu'il aimait, c'était prendre son partenaire, pour lui donner du plaisir. Il avait une certaine expérience en la matière, toujours appréciée par les hommes et les femmes avec lesquels il couchait. Cette soirée avec Claude, il n'y avait rien de sentimental, juste un désir sexuel visiblement partagé. De plus, leur complémentarité lui convenait parfaitement. Le jeune homme avait envie de pilonner, son aîné voulait se faire démonter le cul, quelques heures passées ensemble, juste pour du bon temps. Une jolie érection tendait le pénis de Fred, qui le présentait à l'entrée de l'orifice anal de Claude. Le coquin ne demandait que cela, le sentir glisser en lui, pour venir lui toucher le fond, avant de ressortir. Il adorait sentir une paire de couilles lui frapper les fesses bien en rythme, cela lui donnait des frissons. Maîtrisant à merveille la montée de son sperme, le conseiller bancaire alternait les coups de reins puissants avec les pénétrations tout en douceur. En fin connaisseur, il guettait un moment de relâchement de son partenaire pour venir s'enfoncer bien en profondeur. Cela lui faisait presque à chaque fois pousser un petit cri aigu. Dans l'action, Fred savait être un mâle, un vrai, surtout dans une relation homosexuelle. C'était paradoxal, comme s'il avait plus à prouver avec un homme qu'avec une femme. Il ne parvenait pas à s'expliquer ce besoin accru de virilité lors d'un acte sexuel entre hommes. Même si sa préférence allait toujours vers les femmes, un joli petit cul masculin ne le laissait jamais indifférent. Son supérieur hiérarchique s'entretenait physiquement, cela se voyait. Il avait des jambes musclées, un postérieur bien ferme, des abdominaux dessinés. Pour son âge, c'était un bel homme. Il ne regrettait pas d'être en sa compagnie, sa bite faisant de longs va-et-vient entre ses fesses qui se resserraient pour le provoquer. Après trois, voire quatre éjaculations, Fred est allé prendre une douche. Claude n'en pouvait plus. Son arrière-train avait été bien malmené. Il avait commencé à ressentir des brûlures désagréables, même avec du lubrifiant. Son partenaire, qui avait pris son pied en le faisant bien crier, avait parfaitement compris. Les deux hommes se sont séparés tard, après avoir bu un verre ensemble. Ils n'ont pas évoqué leur coït. Ils ont parlé de tout, de rien, de leur vie, de leurs loisirs, de leurs rêves. Lorsque Fred a rejoint sa chambre, il arborait un sourire qui en disait long sur sa satisfaction de cette soirée bien sympathique, en bonne compagnie.

Le lendemain matin, il ne fut fait aucune allusion de ce rendez-vous. Les relations professionnelles entre les deux hommes étaient les mêmes que la veille. Aucun des deux n'avait envie de voir sa sexualité étalée au grand jour. Pourtant, chacun assumait, mais cela devait demeurer dans la sphère privée. À plusieurs reprises, au cours de la journée de travail, lors des pauses, Fred est allé se détendre au bar de l'hôtel dans lequel se tenaient leurs réunions, là où les cadres bancaires avaient leurs chambres. Il avait entamé, la veille au soir, alors qu'il prenait un verre avec Claude, un semblant de discussion avec le jeune barman Hector. Celui-ci était originaire du Paraguay. Il était venu faire ses études en France. Il avait trouvé ce petit job dans cet établissement, qui lui permettait de gagner de l'argent et de faire de belles rencontres. Il avait un physique agréable. Le conseiller bancaire lui avait dit qu'il devait avoir du succès avec la gent féminine. Hector avait rougi. Il reconnaissait être abordé régulièrement par des femmes, principalement des dames mûres, souvent mariées, qui recherchaient le frisson d'une soirée avec un jeune homme. À demi-mot, il a admis succomber parfois au charme d'une belle femme de quarante, cinquante, voire soixante ans. Cette révélation a fait sourire Fred.

Se faisant séducteur, il lui a laissé entendre qu'il ne le laissait pas indifférent. De l'autre côté du bar, Hector ne savait plus comment se comporter. Il se tordait les mains. Il cherchait une occupation, qu'il ne trouvait pas, l'employé de banque étant son seul client du moment. Dans un éclat de rire, celui-ci s'est éloigné pour rejoindre la salle de réunion et ses collègues. L'employé de l'hôtel ne savait plus où se mettre. Il avait un sourire forcé. Fred lui a simplement dit qu'il espérait qu'il serait de service vers 18 h 30. Hector le lui a confirmé, précisant qu'il finissait à 20 h le soir. Lorsqu'il s'est assis à sa place pour travailler, le jeune conseiller bancaire souriait. Le regard de Claude s'est fait interrogatif, l'espace d'un instant, discrètement. Son jeune collègue lui a fait un clin d'œil, l'incitant à continuer la présentation des objectifs de leur établissement qu'il avait commencé avant la pause. Cette journée de travail était longue, fastidieuse. Les participants parlaient stratégie, ouvertures, investissements. Un directeur, trop sérieux au goût de tous, n'était présent que pour rappeler les points négatifs. Lors d'une pause, Fred a glissé à l'oreille de Claude que le bonhomme aurait bien besoin d'être décoincé. Cela l'a fait beaucoup rire. Nombreux étaient les intervenants à regarder leur montre. Visiblement, il leur tardait que cela se termine. Il restait encore une journée le lendemain pour peaufiner les rôles de chacun dans le futur organigramme de la société. Ces rassemblements obligatoires étaient souvent ennuyeux. Le soir, ils se détendaient chacun à leur manière.

Pour Fred, chose étrange, c'était le sexe qui lui procurait un bien-être réparateur. Ce soir-là, il ne savait pas encore précisément ce qu'allait être sa soirée. Son collègue d'agence, célibataire, un peu timide, avait un rendez-vous avec une jeune femme rencontrée à l'heure du déjeuner. Il demandait quelques conseils à son responsable. Celui-ci lui a simplement dit d'être lui-même, d'en profiter. Il était jeune, encore un peu inexpérimenté, mais c'était un garçon bien. Il avait besoin de se lâcher un peu. La pression du boulot le stressait, c'était une évidence. Aussi, Fred lui a conseillé de ne pas hésiter. Si la jeune femme était demandeuse, il fallait la satisfaire. Elle était de passage, pour un stage professionnel, pour une semaine. Cela ne l'engageait à rien. Ils pouvaient passer un peu de temps ensemble, sans conséquence. Qu'elle soit mariée ou non, cela n'avait aucune importance. C'était même mieux si elle était en couple, c'était une femme insatisfaite qui ne cherchait que le plaisir. Le jeune collègue a remercié Fred pour ses encouragements. Il lui a glissé subtilement qu'il était surpris de ne pas le voir en charmante compagnie, lui aussi. Sérieusement, le banquier modèle a assuré son collègue de sa fidélité à sa compagne. Un certain respect s'est lu sur le visage de l'autre, qui s'éloignait pour rejoindre la charmante dame qui l'attendait. Fred a rejoint Claude qui était déjà installé au bar, accompagné de deux responsables de l'entreprise. Il les a rejoints, leur proposant de payer la prochaine tournée. Les quatre hommes ont ainsi devisé, blagué, rigolé ensemble, avant que deux d'entre eux ne s'éloignent pour aller dîner. Les deux partenaires de la veille se sont regardés, complices. Le jeune homme a interpellé Hector, qui se tenait à l'autre bout du bar, accaparé par une femme d'un âge bien avancé qui semblait déjà bien imbibée, malgré l'heure pas très avancée. Le barman, tout heureux de pouvoir s'échapper de cette emprise, est venu se placer en face des deux banquiers. Ceux-ci lui ont proposé de boire un verre avec eux, vu qu'il finissait bientôt. Claude, amusé par le petit jeu de Fred, s'est lentement levé de son tabouret. Il a chuchoté à l'oreille de son jeune collègue qu'il l'attendait dans sa chambre. Il ressentait quelques démangeaisons qui avaient besoin d'être calmées. S'il voulait venir avec quelqu'un, cela ne lui posait pas le moindre souci. Il était presque vingt heures. Le service du jeune barman paraguayen se terminait. Son remplaçant était déjà arrivé, aussitôt réquisitionné par la dame fortement alcoolisée qui haussait le ton. Elle n'était pas belle, pas élégante, sans le moindre charme. Elle avait peu de chance de rencontrer celui qui voudrait l'accompagner à sa chambre, à moins d'avoir un coup dans le nez. Fred a attiré Hector. Il lui a demandé s'il était attendu. Celui-ci lui a juste dit qu'il avait du travail en retard pour ses études. Un peu contrarié, le banquier lui a ouvertement fait une proposition, jaugeant du même coup l'intérêt de celui-ci pour une soirée entre hommes. Sans la moindre ambiguïté, les deux hommes se sont dirigés vers l'ascenseur ensemble. À peine quelques coups frappés à la porte de la chambre de Claude, celui-ci est venu ouvrir. Comme la veille, il était nu sous son peignoir. Il avait fait livrer du bon vin, quelques petits fours salés et sucrés. Hector semblait un peu gêné de cette connivence entre les deux autres hommes. Il ne savait pas trop à quoi s'attendre. Rapidement mis à l'aise, le jeune barman s'est retrouvé torse nu. Il était plutôt mince, presque maigre. Son regard ne parvenait pas à se détacher du sexe en évidence dans ce peignoir ouvert. Fred restait un peu à l'écart, afin de voir ce qui allait se passer entre ses deux compagnons de soirée. Les choses n'ont pas mis longtemps à se préciser. Les deux hommes ont opéré un rapprochement rapide. Comme dans un rite de séduction animale, ils se sont observés, jaugés. Claude provoquait Hector, en ouvrant son peignoir, découvrant son fessier ferme. Il passait sa langue sur ses lèvres, en lui jetant des regards incendiaires. Le jeune barman était excité par cette parade qu'exécutait le cadre bancaire devant lui. Fred souriait. Il aimait ces instants pleins de sous-entendus, pendant lesquels s'exprimait la personnalité de chacun. Il observait le Paraguayen qui, au fil des minutes, prenait de l'assurance. Il voulait se comporter en mâle dominant. S'approchant de son aîné, qui continuait de jouer avec le seul vêtement qu'il portait, il l'a poussé avec fermeté, mais sans la moindre brutalité, vers le lit. Le peignoir a glissé dans la manipulation. L'effet produit sur le jeune barman a été instantané. Sa timidité naturelle s'est envolée. Il a mis, avec autorité, son partenaire dans la position qu'il souhaitait. D'un geste, il a sorti son sexe dressé de son caleçon dans lequel il se sentait à l'étroit. Son vit n'était pas très long, plutôt épais. Le genre de pénis qui pouvait bien dilater un anus. Visiblement, le jeune homme avait de l'expérience. Il menait les débats comme il l'entendait. C'était lui le patron. Il allait imposer ses désirs pour l'acte sexuel. Fred avait envie de participer. Il se retenait pour laisser le temps à ses partenaires d'un soir de se chauffer mutuellement. Claude était un expert pour faire monter la température. Son but étant de se faire pilonner le cul, il ne ménageait pas ses efforts pour provoquer le désir chez celui qui le pénétrait, mais aussi chez celui qui matait. Pendant plus de dix minutes, Hector a alterné le rythme lent avec des pénétrations viriles. Claude appréciait le savoir-faire de son partenaire. Celui-ci semblait exécuter une danse. Il remuait son bassin, faisant bouger le cul qu'il prenait dans un dandinement qui plaisait beaucoup à Fred. Celui-ci ne tenait plus. Quittant ses vêtements pour être nu, il avait la queue bien droite. Le regard du barman s'était posé brièvement sur cette verge qui s'approchait dangereusement de lui. Fred observait la réaction du jeune Sud-Américain. Il ne semblait pas être réticent à ce qu'il vienne lui caresser l'anus avec son gland. Le jeune et joli fessier se tendait. Il continuait de limer en douceur le cul de Claude. Un peu frustré, l'aîné des trois aurait aimé prendre de bons coups de bite. Il ne s'était pas retourné pour savoir ce qu'il se passait derrière lui. Il n'a pas vu la première pénétration brutale et profonde de Fred sur son jeune partenaire. Il l'a bien ressentie cependant. L'anus paraguayen était humide. Il semblait avoir l'habitude d'être titillé. Les premiers coups encaissés l'ont fait gémir. La répercussion dans le petit trou de Claude lui procurait des sensations agréables. Il aimait beaucoup ce genre de trio, dans lequel les partenaires cherchaient avant tout le plaisir de l'autre. Fred se sacrifiait pour que les deux autres hommes ressentent des émotions. Il rentrait son sexe entièrement entre les fesses d'un Hector dont les yeux brillaient. Ce dernier n'avait pas osé avouer son homosexualité réelle. Il était bisexuel occasionnel, en définitive, mais il préférait les actes sexuels entre hommes. Une belle bite lui faisait plus d'effet qu'une chatte luisante. Il adorait se faire sucer par de beaux mâles. La fellation masculine était, pour lui, beaucoup plus jouissive que quand elle lui était prodiguée par une femme. Chaque rencontre était une nouvelle expérience. Cela se faisait souvent au feeling. Un sourire, une parole, un regard pouvait suffire à provoquer une envie. Chez un homme, il recherchait la masculinité. Dans les relations avec des partenaires du même sexe, il n'aimait pas du tout les hommes qui se comportaient comme des femmes. Il vivait très bien son homosexualité. Il l'assumait pleinement. Cette soirée, il en avait envie depuis qu'il avait vu Fred au bar. Instantanément, un courant était passé. Comme c'était réciproque, tout était pour le mieux. Le trio était en pleine action. Chacun testant son partenaire, en variant la cadence, la profondeur, en tournant à l'intérieur, ressortant pour mieux rentrer à nouveau. La soirée a été un concentré de tout ce que chacun des participants aimait dans les relations entre hommes. Un bon moyen de faire connaissance, pour trouver les limites. Claude a senti qu'il se passait quelque chose de spécial entre ses deux compagnons de sexe. Une fois que le jeune barman a libéré son sperme, lui tapissant délicatement les parois anales, les deux hommes se sont écartés l'un de l'autre. En revanche, pour ce qui était de Fred et son endurance incroyable, il n'avait pas l'intention de lâcher son jeune ami. Hector encaissait plutôt bien les assauts de son partenaire, qui le chevauchait, le faisant se redresser pour s'enfoncer plus profondément en lui. Au fil de leur coït, les deux hommes se sont retrouvés comme seuls au monde. Leur aîné s'était confortablement installé sur le canapé, un peu à l'écart, pour les encourager en buvant une coupe. Les deux mâles fougueux ont alterné les positions. Tantôt à quatre pattes, tantôt debout contre le mur, le jeune employé du bar de l'hôtel a fini par céder. Sous les coups de boutoir de plus en plus profonds, il a fini par desserrer les dents pour se laisser aller à une jouissance qui ravissait les trois hommes présents. Claude s'est masturbé en regardant ses deux acolytes finir l'acte sexuel endiablé auquel ils venaient de se livrer. Ils étaient en sueur. Leur rythme cardiaque s'était nettement accéléré. Tous deux souriaient de ce bon moment passé. Hector a remercié Fred de lui avoir offert un orgasme. Cela faisait longtemps qu'il n'en avait plus eu. D'un commun accord, les trois hommes ont décidé de se séparer pour ce soir-là, avec la promesse de se retrouver le soir suivant, le dernier pour les employés de banque qui repartiraient ensuite rejoindre leurs familles, leurs épouses. Ainsi allait la vie pour le jeune barman, qui multipliait les rencontres d'un soir ou deux. Il était heureux de savoir qu'il pourrait profiter encore de celui qui lui faisait beaucoup d'effet. Il avait adoré le sentir en lui. Cet homme avait décidément tout pour lui. Il était plutôt pas mal physiquement. La nature avait été plutôt généreuse avec lui. Et, pour ne rien gâcher, il baisait super bien, pas la moindre fausse note.

Ce récit rendait Lisa un peu jalouse. Elle sentait, au fond d'elle, que le jeune Hector avait touché son homme. Lorsqu'il en parlait, il y avait ce petit éclat qui se faisait au fond de ses yeux brillants. Elle n'avait vu cette manifestation qu'une fois ou deux. Elle le connaissait bien. Elle avait compris qu'il reverrait forcément le barman, un jour ou l'autre. Elle ne lui en voulait pas. De son côté, elle avait parfois des coups de cœur pour un ou une partenaire. Cela n'enlevait rien à l'amour qu'elle lui portait. Elle savait qu'il en allait de même pour lui. Au fond de son cœur, pourtant, elle ressentait cette pointe de jalousie incontrôlable qu'elle ne souhaitait pas lui montrer. Elle a insisté pour savoir comment s'était déroulée la dernière soirée. Elle voulait connaître le dénouement de cette jolie histoire. Elle n'a pas été déçue. Ce que l'homme de sa vie lui a raconté l'a émue, émoustillée, touchée, excitée, tout à la fois, parce que c'était beau à entendre, à imaginer, un ressenti qui faisait frissonner. Un coup de théâtre était venu bouleverser la journée de formation des employés de banque. Claude ainsi que deux de ses collaborateurs avaient été obligés de repartir en urgence en début de matinée. Il y avait un souci avec des produits financiers. Les trois hommes devaient se rendre au siège de leur société pour y développer une nouvelle stratégie. Fred a eu un petit mot, un geste amical pour son aîné, avec lequel il partageait un secret que ni l'un ni l'autre ne dévoilerait. Les deux banquiers se sont séparés à regret, un soupçon de tristesse leur serrait la gorge. Par conséquent, la journée de travail a été studieuse, presque trop sérieuse. L'ambiance n'était plus la même.

Le temps du déjeuner, Fred est allé retrouver Hector, qui tenait le bar. Il avait deux collègues qui officiaient avec lui. Deux jeunes femmes charmantes, que le conseiller bancaire aurait sans doute tenté de charmer en d'autres circonstances, suppléaient le Paraguayen. S'excusant quelques minutes auprès des deux femmes, le barman s'est éloigné avec son client préféré. Discrètement, les deux hommes se sont dirigés vers les toilettes réservées au personnel. Il fallait avoir un passe pour y accéder. Hector a ouvert la porte, regardant en direction de l'entrée si personne ne venait. Il savait que l'endroit n'était pas fréquenté à cette heure-là, la majorité du personnel étant occupé à des missions diverses. Sans plus de cérémonie, le jeune homme a poussé Fred dans une cabine. Il a entrepris de détacher sa ceinture, de défaire son bouton de pantalon, pour faire glisser la fermeture éclair. Il a fait descendre, sans la moindre hésitation, d'un seul coup, le pantalon et le caleçon du banquier. Celui-ci ne lui opposait aucune résistance. Doucement, Hector a commencé à masturber ce client qui lui faisait décidément faire des folies. Il risquait sa place s'il se faisait surprendre. Pourtant, excité comme il était, il semblait bien s'en moquer en cet instant. Il faisait tourner savamment sa langue autour du gland légèrement humide de son partenaire. Fred s'abandonnait complètement à ces caresses buccales. La fellation, que commençait son jeune nouvel ami, était une pure merveille. Il y mettait toute sa conviction, sa passion. À chaque mouvement pour faire glisser le sexe dans sa bouche, il regardait avec intensité cet homme qui lui donnait des ailes, lui faisant refouler très loin sa timidité naturelle. Cette pipe a tellement été bien faite que, à la grande surprise de Fred, l'éjaculation est arrivée en quelques minutes. Lui, qui avait la capacité de se retenir longtemps, avait laissé ses émotions prendre le dessus. L'autre, satisfait, s'était appliqué à lui nettoyer avec application le sexe, ne perdant pas la moindre goutte de son délicieux jus chaud et épais. Le jeune barman a gardé quelques gouttes de sperme sur la langue. Il était content de lui. Il a invité son partenaire à sortir sans se faire remarquer. Ils ne devaient pas sortir ensemble. Fred s'est donc éclipsé, donnant déjà rendez-vous pour le soir même à son plan cul préféré lors de ce déplacement. Hector a répondu par l'affirmative. Les deux hommes n'allaient pas se revoir de la journée. Leurs regards auraient pu les trahir. Lors des pauses, le jeune banquier restait avec le collègue de son agence. Celui-ci lui avait raconté sa soirée de la veille, une catastrophe. Pourtant, tout avait bien commencé avec la femme rencontrée à l'hôtel. Celle-ci avait accepté de dîner, de boire un verre en sa compagnie. Ensuite, elle l'avait invité à la suivre jusqu'à sa chambre. Les choses se présentaient bien. Le couple s'est rapidement retrouvé nu. Les mains du jeune homme ont caressé la jolie femme qui n'était pas farouche. Il a profité de son corps, jouant avec sa langue, ses doigts. Les préliminaires ont amené la dame dans un état d'excitation extrême. Elle se mordait les lèvres, se tortillant sur le lit, réclamant que son amant d'un soir vienne en elle. Le jeune homme avait le sexe dressé. Il voulait lui donner du plaisir. Elle s'offrait à lui. Il a commencé à la prendre en douceur. Elle s'offrait joliment. Plus la température montait, plus les difficultés se profilaient à l'horizon pour un mâle qui ne parvenait pas à donner le meilleur de lui-même. Son érection ne se maintenait pas. Sa verge ressortait de la vulve de sa partenaire sans qu'il puisse contrôler les choses. Elle était trop belle, trop excitante, trop désirable. Cela le bloquait. La femme a tout essayé pour le faire bander bien dur. Rien n'y a fait. Un peu déçu, il a essayé de relancer la jouissance, mais quelque chose s'était cassé. Bien vite, ils se sont séparés. La déception se lisait sur leurs visages. La soirée avait été la promesse d'une belle nuit de sexe. Celle-ci avait été avortée par une défaillance mécanique. Le jeune homme s'en voulait. Fred a rassuré son jeune collègue. Cela pouvait arriver. Une trop grande excitation, de l'empressement notamment, pouvait provoquer ce type de dérèglement. Il fallait apprendre à se concentrer. Cela viendrait avec l'expérience. Le conseil qu'il lui a donné, précieux, a été de focaliser son esprit sur autre chose, pour que le cerveau ne détraque pas l'activité sexuelle. Regardant sa montre, Fred s'est levé pour rejoindre sa chambre. Il a prétexté un coup de fil à passer à son épouse pour s'éclipser. Son jeune collègue semblait affecté par sa défaillance sexuelle. Avant de partir, il a demandé au barman d'apporter un nouveau verre au jeune homme désemparé qu'il était obligé d'abandonner là. En passant la commande, le conseiller bancaire a incité l'employée de l'établissement à mettre en relation son collègue avec une jeune femme. Il avait besoin de se rassurer. Fred ne pouvait pas le laisser comme cela, alors que lui allait passer une bonne soirée en charmante compagnie. Il a glissé un billet discrètement en guise de motivation. Hector n'était déjà plus derrière le bar. Les deux hommes devaient se rejoindre dans la chambre de l'employé de banque. Ils ne seraient que tous les deux, finalement, ce qui n'était pas pour déplaire à Fred. Il avait apprécié la soirée de la veille qu'ils avaient partagée avec Claude. Ce soir-là, ce serait différent. En arrivant vers l'ascenseur, les deux complices se sont retrouvés. Ils sont montés pour rejoindre la chambre de Fred. Celui-ci ressentait une certaine excitation. Hector, de son côté, ne laissait pas paraître la moindre émotion. Il ne semblait pas très à l'aise. Sa timidité semblait avoir de nouveau pris le dessus. En pénétrant dans la chambre, les deux hommes ont eu l'agréable surprise de voir que du vin et des petites douceurs avaient été livrés, une initiative émanant du jeune barman, qui touchait son nouvel ami. C'était une attention à laquelle il ne s'attendait pas. Une certaine gêne s'était immiscée entre eux. Ils se sont installés sur le canapé, dégustant les petits desserts, en trinquant avec un verre de vin blanc sucré. La discussion est venue naturellement. Chacun avait une vie passionnante, avec des anecdotes, des situations cocasses. L'ambiance n'était pas au sexe. Finalement, une soirée entre amis, comme cela, était un moment agréable. Quelques allusions coquines venaient ponctuer certains silences. Fred avait une idée qui lui trottait dans la tête. Il hésitait à en parler à Hector. Il craignait de le choquer, voire d'essuyer un refus. Pourtant, dans un coin de sa tête, depuis la soirée de la veille, il cherchait le moyen le plus adroit de formuler cette demande. Le jeune Paraguayen, à plusieurs reprises, a demandé au banquier s'il n'était pas trop déçu qu'il ne se passe rien entre eux ce soir-là. Fred lui a gentiment répondu qu'il n'était pas une machine. Bien sûr, il aimait le sexe. Cependant, il pouvait très bien s'en passer. Avec beaucoup de douceur, il a fait en sorte qu'ensemble ils passent une bonne soirée. Parlant de choses et d'autres, les deux hommes se sont raconté leurs vies.

À cette évocation, Lisa était plus que surprise que son homme se soit confié à un inconnu. Lui, qui avait beaucoup de mal à parler de sa vie, s'était livré comme jamais. Avec cet homme, dont il venait de faire la connaissance, il en avait profité pour ouvrir son cœur.

Le vin aidant, la conversation s'est de nouveau orientée sur le sexe. Tout naturellement, ils se sont raconté leurs expériences. Étant tous les deux bisexuels, ils aimaient clairement beaucoup les femmes. Les rapports sexuels avec des hommes n'étaient que des solutions de rechange qui n'avaient rien à voir avec ceux pratiqués avec des partenaires de l'autre sexe. Fred a avoué à Hector que, la veille, alors qu'ils étaient en pleine action, il a fermé les yeux pour imaginer que c'était sa belle Lisa qui était à la place de Claude. Il adorait prendre le mec qui pénétrait sa compagne. Cela lui procurait des sensations incroyables. Dans ce genre de situation, il avait des érections plus dures, plus longues, plus explosives. Aussi, le jeune banquier a osé. Les yeux dans les yeux, il a demandé au barman s'il accepterait de participer à un plan à trois avec la femme de sa vie. Il lui proposait un trio un peu spécial, dans le sens où les deux hommes ne pénétreraient pas Lisa en même temps. Il laisserait librement Hector prendre sa femme comme il en avait envie. Il voulait juste pouvoir lui prendre son joli petit cul sans retenue. De toute sa vie, jamais il n'avait eu autant envie de baiser avec un homme. Comme dans toutes les relations homosexuelles qu'il avait, il ne voulait que se livrer à des assauts virils sur son partenaire masculin. L'autre le regardait bizarrement. Un éclair est passé dans le regard du jeune barman. Celui-ci lui a juste dit « chiche ». Les deux hommes se sont serré la main. Ils venaient de signer un pacte qui les liait tous les deux, de manière tacite. Il fallait juste finaliser les modalités de la rencontre à trois. Fred pensait que le mieux était qu'ils prennent une chambre à l'hôtel avec Lisa. Les différents engagements du barman-étudiant l'obligeaient à ne pas s'éloigner de la ville où il résidait. Les deux hommes sont donc tombés rapidement d'accord. Ils ont échangé leurs numéros de téléphone. Ils devaient confirmer la date, lorsque le conseiller bancaire en aurait parlé à sa belle. Il était trois dans cette histoire. Hector, curieux, a interrogé son compagnon de soirée sur cette capacité à accepter de voir la femme de sa vie se faire prendre par d'autres hommes devant lui. C'était inconcevable aux yeux du jeune Paraguayen. Lorsqu'il était en couple, il ne pouvait accepter l'infidélité, sous quelque forme que ce soit. Là, il avait des aventures parce qu'il était seul. Fred lui a expliqué son mode de fonctionnement avec sa chérie. Pour leur équilibre, ils avaient besoin de se laisser des espaces de liberté. Ils acceptaient que l'autre fasse des rencontres en leur absence, à condition de tout se dire, tout comme ils organisaient des soirées avec d'autres partenaires, en toute transparence.

Dans ce genre de relations, la discrétion était de mise. Il fallait que le cercle soit restreint pour ne pas prendre le risque de voir des débordements intervenir. Bien sûr, à un moment donné, il y a eu des situations compliquées qu'il a fallu gérer. Des décisions radicales qui ont modifié leur manière de faire. Hector était admiratif. Cette ouverture d'esprit était une belle preuve d'amour de l'un pour l'autre. C'est donc sans la moindre hésitation qu'il acceptait de se joindre au couple, pour des ébats qui promettaient d'être chauds, d'autant que Fred lui avait montré des photos de Lisa. La jeune femme lui plaisait beaucoup. Tard dans la soirée, lorsque les deux hommes se sont séparés, c'était sur la promesse d'une rencontre prochaine, en compagnie de la femme qui partageait la vie de Fred. Ils se sont promis de profiter pleinement de la soirée qu'ils allaient organiser. Le jeune banquier, lorsque la date serait fixée, voulait que le barman prépare tout avant leur arrivée, pour que ce soit parfait. Le lendemain, les deux hommes ne se croiseraient pas. Hector était de repos. Fred le salua donc chaleureusement. Un sourire radieux éclairait le visage du jeune barman. Visiblement, la perspective de ce plan à trois était intéressante pour lui. Une poignée de main virile a scellé leur accord. Leurs regards en disaient beaucoup plus que ne l'auraient fait des paroles.

Lisa interrogeait son homme du regard. Une larme au coin des yeux, elle ressentait une émotion intense l'envahir. Il lui semblait que c'était la première fois, dans leur relation libertine, que l'un d'eux faisait entrer un partenaire rencontré sans l'autre dans leur jeu de couple. Elle se demandait ce que pouvait bien avoir cet Hector de si spécial. Ménageant le suspense, Fred a refusé de montrer la moindre photo du jeune barman à sa compagne. Malgré son insistance, ses tentatives de séduction qui lui faisaient énormément d'effet, le jeune homme n'a pas cédé. Il lui a simplement demandé ce qu'elle en pensait. S'il lui fallait un peu de temps pour réfléchir, il ne lui mettrait pas la pression. Curieuse de voir ce qui, chez ce jeune Paraguayen, avait pu déclencher cette envie de le revoir, la jeune femme n'a pas été bien longue à donner son accord, d'autant plus que la description que son homme lui avait faite de leur futur partenaire de jeu, lors de la soirée à trois avec Claude, l'avait quelque peu émoustillée. Les retrouvailles, entre les deux amoureux, ont été empreintes d'une émotion, d'une intensité qui les a empêchés de faire l'amour. Ils avaient juste envie de se blottir l'un contre l'autre, rien de plus. Ils s'aimaient tellement. Ce soir-là, leurs sentiments étaient plus forts que jamais. Ils sentaient qu'une nouvelle étape avait été franchie dans leur couple. Jusqu'à tard dans la nuit, ils ont parlé de leur vie. Ils se sentaient si bien ensemble. Ils avaient trouvé la formule parfaite pour qu'un équilibre solide se fasse. La confiance qu'ils avaient l'un envers l'autre leur permettait de ne pas ressentir d'appréhension, même lorsque l'autre semblait éprouver des sentiments pour une personne rencontrée lors d'un plan cul. Il était évident que Fred éprouvait quelque chose pour Hector. Lisa ne parvenait pas à définir ce que c'était. Voir les deux hommes ensemble serait pour elle un bon moyen de jauger ce qu'il y avait exactement entre eux. Aucune inquiétude ne la taraudait, d'autant que son compagnon était un hétéro avant tout. Il n'avait que des tendances bi. Enlacés, ils se sont endormis sur la promesse d'une jolie soirée à trois. Leur étreinte était d'une sensualité incroyable. Aucun désir sexuel n'est venu troubler ce moment unique de bien-être. Cette nuit-là, un homme et une femme ont partagé bien plus qu'ils ne l'avaient jamais fait. Leur union s'en est trouvée renforcée.

Chapitre 5

Un trio d'exception

Deux mois après leur première rencontre, Hector et Fred allaient se retrouver. Avec Lisa, ils avaient réussi à se libérer un week-end pour rejoindre le jeune barman. Une chambre avait été réservée à l'hôtel. L'employé de l'établissement a assuré son ami qu'il s'occupait de tout pour que leur soirée soit une totale réussite.

Sur la route, les deux amoureux ont plaisanté. Cela faisait quelques semaines qu'ils se tenaient sages. Depuis le retour du jeune banquier de son déplacement professionnel, le couple n'avait pas ressenti le besoin de rencontrer d'autres partenaires, comme si, inconsciemment, ils se réservaient pour cette soirée dont ils attendaient beaucoup. Une fois à l'hôtel, les deux tourtereaux sont montés dans leur chambre pour y déposer leurs bagages. Il était onze heures. Normalement, Hector était de service au bar. Il avait demandé à se faire remplacer le soir, ainsi que le lendemain, pour pouvoir profiter de la venue d'un couple avec lequel il sentait avoir beaucoup d'affinités. Lorsque Fred l'avait appelé pour régler les derniers détails de leur venue, Lisa avait discuté quelques minutes avec ce jeune homme qu'elle n'avait jamais rencontré, et qui, pourtant, ne lui semblait pas être un inconnu. Elle lui avait trouvé une voix agréable, avec des intonations graves, très masculines. Cela lui plaisait bien. Elle n'aimait pas les hommes efféminés. Vêtue d'une robe légère, la jeune femme n'avait pas fait d'efforts particuliers. Elle soignerait sa tenue pour la soirée. Belle comme elle était, quels que soient les vêtements qu'elle portait, elle rayonnait. Les hommes se retournaient sur son passage. Elle sentait les regards insistants sur elle, qui la déshabillaient. Fred aimait ce sentiment de fierté, de supériorité que lui donnait la compagnie de cette femme qu'on lui enviait. Il se dressait comme un coq, ce qui ne manquait pas de faire sourire la femme de sa vie. Elle était heureuse d'être là, ce jour-là, avec lui, pour rencontrer ce fameux Hector, dont elle avait tant entendu parler en bien. Le couple s'est installé au bar, nonchalamment. Derrière le comptoir, il n'y avait qu'une jeune fille. Timidement, elle s'est avancée vers le couple pour prendre leur commande. Fred lui a demandé discrètement si Hector était présent. Elle lui a répondu par l'affirmative, lui précisant juste que ce dernier venait de s'absenter quelques instants. Il était allé emporter une commande spéciale dans la suite de l'établissement. Il n'allait pas tarder à redescendre. Lisa et Fred ont donc pris un verre. La jeune femme avait du mal à cacher son impatience de découvrir ce partenaire avec lequel son homme avait hâte de batifoler afin de voir s'il provoquerait le même désir en elle. Hector, au moment de revenir prendre son poste, a marqué un temps d'arrêt. Son cœur s'est mis à battre plus rapidement, à cogner plus fort dans sa poitrine. Son regard ne parvenait pas à se détacher de la jolie fille qui se trouvait aux côtés de cet homme, avec qui il avait eu des rapports sexuels lors de son dernier séjour dans l'hôtel. Elle avait une silhouette encore plus délicieuse que le lui avait laissé entendre Fred. Ce plan à trois était décidément une excellente idée. Prenant une grande inspiration, Hector s'est approché du couple. Il a tendu une main ferme à cet ami qu'il était content de revoir. Sans la moindre hésitation, Lisa est descendue de son tabouret pour lui faire une tendre bise. Le contact de sa peau douce, de ses lèvres légèrement humides, a fait un effet instantané à Hector. Il était troublé, c'était une évidence. Fred arborait un large sourire. Il aimait l'envie que suscitait sa belle. Un autre homme, assis au bout du bar, la regardait avec insistance. Le jeune homme ne lui a pas prêté une grande attention. Tout à Hector, le jeune couple avait complètement oublié le monde qui les entourait. Cet homme sud-américain était vraiment attirant. Il avait ce magnétisme que peu de personnes possédaient. Dans ses yeux brillait une lueur qui charmait Lisa. Amusé, Fred regardait ce petit jeu qui s'installait entre sa compagne et son jeune ami. Cela ne lui déplaisait pas, bien au contraire. Il savait que, dans l'optique de leur petite soirée coquine, c'était de bon augure. Une fois leur consommation terminée, le jeune banquier a invité sa compagne à rejoindre la salle de restaurant. Un bon repas les attendait. Il a bien senti que c'était à regret que la jeune femme quittait le bar. Cette situation était la promesse d'une belle partie de sensualité, de plaisirs multiples, tous les trois. Connaissant parfaitement la femme qui partageait son existence, le jeune homme savait que leur partenaire lui convenait. C'était sans doute même plus que cela. Il ne s'était pas trompé dans son choix d'une rencontre entre elle et Hector. Le déjeuner a été rapide, frugal. Les deux amoureux ne se quittaient pas des yeux. Ils avaient déjà à l'esprit le bon moment qu'ils allaient passer avec le jeune barman.

Leurs regards en disaient long sur leurs envies. Ils n'étaient venus que pour prendre du plaisir. Tous deux désiraient follement avoir des relations intimes avec leur partenaire d'un jour. En remontant à leur chambre, tous deux trouvaient que le temps passait trop lentement. Ils avaient hâte. Cette abstinence de plusieurs jours, sans relations sexuelles avec d'autres partenaires, avait décuplé leur désir. Lisa voulait que tout soit parfait. Elle avait la pression. La première rencontre entre les deux hommes avait été une réussite. Les préparatifs ont été méticuleux. Fred mettait une attention toute particulière au bien-être de la femme de sa vie, mais également de son nouvel amant-ami. Du lubrifiant, du gel intime, des jouets avaient été disposés à plusieurs endroits. Ils verraient bien selon l'inspiration du moment. Normalement, les corps suffisaient, mais on ne savait jamais. Pendant que Fred enfilait une tenue élégante, plutôt décontractée, Lisa enfilait une paire de bas résille. Elle avait opté pour un chemisier blanc très échancré, une jupe mini qui couvrait tout juste les fesses. Sa lingerie était en dentelle, fine, délicate. Elle avait envie de faire monter la température chez ses deux partenaires. Pour parfaire la tenue, la jeune femme avait enfilé une paire de chaussures à talons hauts qui mettait en valeur ses jolies jambes. Elle était vraiment ravissante. Fred, un sourire coquin aux lèvres, lui a demandé si elle était prête. Ils devaient rejoindre Hector dans le petit salon derrière le bar pour boire un verre afin de faire connaissance. Lisa a rougi. Elle pensait que le barman venait directement les rejoindre dans leur chambre. Heureusement, elle avait pris une veste longue, qui allait couvrir sa tenue, descendant jusqu'à mi-cuisse. Une certaine tension s'était emparée d'elle. Les regards allaient se faire insistants, voire pervers. Elle avait l'habitude, mais cela lui déplaisait parfois. Dans l'ascenseur, Fred s'est amusé à provoquer sa compagne. Il a caressé sa cuisse avec douceur. Elle a déposé un baiser léger sur sa joue. Son maquillage discret se voyait à peine. Le couple, en arrivant dans le hall, s'est dirigé directement vers le salon. D'un regard, Fred a repéré Hector. Il lui a fait signe. Le barman s'était changé. Il portait un élégant costume trois-pièces moderne, très bien taillé. Il semblait heureux de retrouver ces deux personnes qu'il ne connaissait pourtant pas beaucoup. Entre eux, il y avait une connivence naturelle. Lisa jetait des regards appuyés vers cet homme avec lequel elle avait hâte de se laisser aller. Elle ne souhaitait pas que ce moment au milieu des autres clients de l'hôtel s'éternise. Elle n'était pas venue là pour faire tapisserie. Elle a fait comprendre à Fred qu'il serait bien de boire ce verre vite fait pour rejoindre leur chambre. Ils pourraient grignoter et boire un coup ensemble, lorsqu'ils ne seraient que tous les trois. Le compagnon de la jeune femme a chuchoté quelques mots à l'oreille d'Hector. La réactivité de celui-ci a été immédiate. Il s'est excusé, s'éloignant pour aller discuter avec un de ses collègues derrière le bar. Il avait terminé sa consommation, avant de quitter son fauteuil. Ses deux invités l'ont rejoint rapidement. Les trois compères sentaient l'impatience monter, surtout pour Lisa, qui avait des fourmillements dans le ventre. Dans l'ascenseur, elle est devenue intenable. Elle a posé une main sur le sexe de son homme, l'autre sur celui d'Hector. Un peu surpris par cette initiative, le jeune Paraguayen s'est laissé faire. La jeune femme aimait sentir les verges durcir sous ses doigts. Elle connaissait les réactions de son homme. Elle voulait, par ce simple geste, jauger de la rapidité de mise en action de son futur partenaire. Elle était plutôt confiante. Sous ses doigts, elle sentait la bête remuer. Le garçon était motivé par la nouvelle aventure qui s'offrait à lui. Discrètement, il avait regardé sous la veste de Lisa. Il avait aperçu cette tenue sexy qui la rendait plus belle encore. Elle avait le sourire, elle était agréable. Fred avait bien de la chance de vivre avec une femme comme elle. Et lui, Hector, avait bien de la chance d'avoir fait la connaissance du jeune homme, qui allait partager avec lui sa belle. Sitôt la porte de la chambre refermée, Lisa a plaqué le jeune barman contre le mur. Elle a retiré sa veste. Ses mains expertes ont glissé sur ce corps masculin qui lui faisait envie. Elle a commencé à l'embrasser tendrement, jouant avec sa langue sur ses lèvres. Une main contrôlait toujours l'appareil génital du monsieur. Fred, pour ne pas interférer dans cette relation de couple qui se dessinait, était allé préparer les douceurs qui avaient été servies avant leur retour en chambre. Il y avait également du champagne. Le jeune homme a fait sauter le bouchon pour se verser une coupe. Il s'est installé confortablement dans le canapé, en caleçon. Il avait pris soin de retirer ses vêtements. Le déshabillage d'Hector se faisait au gré des caresses de Lisa. Avec ses doigts, sa langue, sa bouche, elle lui procurait des sensations très agréables. Sa main n'avait pas lâché l'objet de son désir, qu'elle manipulait avec fermeté et délicatesse. Elle ne voulait pas risquer de casser son jouet. L'envie de l'essayer était trop forte. En s'accroupissant, elle ne quittait pas son partenaire de jeu des yeux. Il était subjugué par sa beauté. Elle était vraiment sublime. Dans cette position, il apercevait le haut de ses cuisses, le haut de ses bas, la naissance de sa jolie culotte en dentelle. Il avait envie d'elle. Il ne voulait rien précipiter. Il se laissait faire. Amusé, Fred jetait des regards complices à son ami paraguayen. Celui-ci était tout à cet instant de volupté en compagnie de cette jeune femme qu'il ne connaissait pas. Pourtant, il savait que, dans quelques heures, son corps n'aurait plus le moindre secret pour lui. Elle se serait dévoilée entièrement, offerte à lui et à l'homme de sa vie. Lorsque le caleçon d'Hector est descendu d'un coup, il a libéré un sexe raide, bien dur sous l'action continue de la main de Lisa. Il pensait que celle-ci allait lui prodiguer une délicieuse fellation. Il fermait déjà les yeux. Mais, contre toute attente, la main féminine a caressé son pénis en s'éloignant de lui dans une sorte de danse lascive. Elle s'est dirigée vers Fred. Elle s'est assise sur ses genoux. Ils se sont embrassés fougueusement. Les mains masculines se sont promenées sur le corps de sa douce compagne. Il lui a effleuré le bout des seins, a caressé son ventre, avant de marquer un arrêt sur sa vulve qui avait déjà mouillé sa culotte. La jeune femme a murmuré quelques mots à son homme. Elle avait envie de le voir en action, maintenant, juste Hector et lui. Elle voulait que ses deux amants d'un soir lui donnent encore plus envie de venir les rejoindre. Ils lui plaisaient énormément. D'un clin d'œil, elle a confirmé à Fred que son choix était excellent. Une coupe à la main, Lisa a porté un toast à cette soirée qui débutait bien. Elle qui aimait voir les mâles en action allait être servie. Vu ce que son homme lui avait raconté des ébats avec Hector, il allait y avoir du sport. Fred s'était saisi d'un tube de lubrifiant. Il voulait bien préparer le petit trou de son partenaire, pour rendre la pénétration plus agréable. Les deux représentants du sexe masculin se sont caressés, le jeune banquier venant doucement derrière son jeune ami. Les mains se faisaient fermes pour prendre les fesses de son partenaire bien en main. Il lui a saisi la bite pour le masturber, d'un geste sûr. Il le voulait bien dur pour Lisa. Il savait qu'elle avait follement envie de cet homme en elle. Les deux mâles, nus à présent, étaient une source d'inspiration pour la jeune femme, dont le regard se faisait insistant sur les verges dressées devant elle. Elle était frustrée de ne pas participer. Elle aimait ce moment intime entre deux hommes virils, masculins, qui vivaient pleinement leur bisexualité. Lentement, Lisa a fait glisser cette culotte qui la gênait. Ses lèvres légèrement gonflées, humides, frottaient contre la dentelle, créant un début d'irritation. La sensation était plus que désagréable. Ce soir-là, la jeune femme ne désirait que prendre du plaisir. Elle n'était venue que pour cela. Ses deux amants, elle n'en doutait pas, sauraient la conduire à l'orgasme. Fred avait entrepris, avec un doigt enduit de lubrifiant, puis deux, de détendre ce petit anus serré qui s'offrait à lui. Il avait déjà eu l'occasion de le visiter, il savait que l'on était bien dedans. Il n'avait qu'une hâte : y enfoncer sa queue pour faire quelques allers-retours, afin de mettre en condition son partenaire. Les choses sérieuses commencées, Lisa appréciait le spectacle qui s'offrait à elle. Son compagnon commençait à prendre vigoureusement Hector, qui lui tendait son cul avec provocation pour l'inciter à s'enfoncer plus profondément. Il était évident que le jeune barman aimait cela. Avec Fred, il y avait une osmose qui se créait. Le vit de plus en plus tendu, Fred pilonnait le jeune barman en le masturbant pour que sa belle queue lisse soit la plus raide possible. Il savait que Lisa n'allait pas tarder de venir se mêler à leurs jeux sexuels. Du coin de l'œil, il l'avait vue se lever, retirer son soutien-gorge, pour remettre son chemisier ouvert. Juchée sur ses talons hauts, elle se déhanchait sensuellement en s'approchant d'Hector. Celui-ci la voulait. Ses yeux pétillaient. Sa queue se dressait fièrement vers elle. Il ne voyait plus qu'elle. Il oubliait tout le reste. Bien sûr, il aimait ce que Fred lui faisait. Mais il avait envie de faire glisser son pénis dans la jolie petite chatte gourmande de Lisa. La jeune femme, aguicheuse, s'est penchée vers l'avant, à bonne distance, pour que cet homme qui la dévorait du regard ne puisse pas la toucher. Il voyait sa vulve mouillée, ses petites fesses fermes, ses jambes fuselées. Cela le rendait fou. Il n'allait pas pouvoir résister longtemps à cet appel du sexe. La belle demoiselle a reculé lentement, soulevant sa jupe qui, pourtant, ne dissimulait pas grand-chose de son anatomie intime. Avec beaucoup de coquinerie, elle est venue se frotter contre le gland joliment décalotté de celui qu'elle désirait depuis le premier instant où leurs regards s'étaient croisés. Elle avait peut-être même envie depuis que son homme était revenu de son déplacement. Lorsque la bite d'Hector est entrée dans l'utérus de Lisa, ça a été d'une douceur incroyable. La jeune femme a glissé sur toute la longueur, avant de faire ressortir presque complètement le sexe bien dur. Le gland restait posé sur le bord de la vulve trempée. Maîtrisé par Fred, qui continuait de lui limer profondément le cul, le jeune barman était frustré. Ses deux partenaires jouaient avec son désir. Ce corps de femme, là, juste devant lui, était le plus beau qu'il ait vu de toute sa vie. Cette femme avait tout ce qu'il fallait, là où il fallait. En plus, elle aimait le sexe. Il ne demandait qu'à pouvoir lui montrer ce dont il était capable. Il comprenait qu'il allait devoir être patient. La belle est venue, face à Hector. Elle l'a embrassé, un délicieux baiser d'une sensualité incomparable. Elle avait saisi son pénis qui n'en pouvait plus de ne pas être en elle. Fred redoublait d'intensité. La jeune femme semblait aimer qu'il se fasse prendre par son homme. Lui ne voulait qu'elle. Lisa se faisait provocatrice. Les yeux dans les yeux, elle masturbait son partenaire d'un soir d'une main, en se doigtant de l'autre. De temps en temps, elle donnait son doigt mouillé de cyprine à lécher à cet homme qui n'en pouvait plus. C'était un supplice pour lui de devoir la regarder se dandiner cul nu devant lui. Une prise en main s'imposait. Malgré la fermeté de Fred, qui lui enfonçait ses doigts dans le pli des hanches, Hector s'est avancé pour attraper Lisa. Il était puissant. Fermement, il a fait se retourner la belle dos à lui, prenant ses seins bien en main. Sa queue toujours aussi dressée s'est engouffrée directement dans le vagin qui n'attendait que cela. Cette pénétration a été un véritable régal pour la jolie jeune femme. Sa chatte gourmande n'avait pas été rassasiée depuis trop longtemps. Elle se réservait pour cette soirée. Elle sentait qu'elle allait être comblée. Les premiers coups de reins ont donné un bon tempo. Ce n'était pas Fred qui dirigeait, mais le jeune barman. Avec son cul, il dirigeait la profondeur des va-et-vient du mâle qui le limait sans retenue. Avec sa bite, il soumettait sa partenaire à ses assauts de plus en plus virils. Lisa adorait se sentir ainsi désirée. Le membre qui la prenait remuait joliment en elle, lui procurant des sensations qui la faisaient prendre beaucoup de plaisir. Fred aimait entendre la femme de sa vie pousser de petits cris à chaque nouveau coup de bite qui allait taper au fond de son sexe béant. Elle se donnait pour que son partenaire de jeu puisse s'enfoncer plus profondément encore en elle et que, par là même, son homme puisse ramoner le cul qu'il prenait depuis un bon moment. Très endurants, les trois convives avaient envie de voir cette soirée se prolonger jusqu'au petit matin. Ce jeu, à la queue leu leu, les comblait pleinement. L'anus d'Hector était bien dilaté, le sexe de Lisa très accueillant, les deux pénis bien tendus. Les couilles de chacun des hommes frappaient le cul devant lui. Lisa était comme une folle. Elle avait faim de sexe, soif de sperme. Son entrejambe était de plus en plus mouillé. Elle sentait le doigt du jeune Paraguayen venir lui titiller gentiment l'anus. Elle se demandait à quel moment il allait s'enhardir pour la prendre par ce petit trou qui la démangeait. Elle remuait bien en rythme son joli petit cul pour que le beau mâle lui démonte sa petite chatte de cochonne. Elle n'arrêtait pas de le motiver, de l'inciter, par ses gestes, ses paroles. Elle commençait à se déchaîner. Fred savait que la soirée allait être chaude. Il allait falloir tenir la distance pour lui et son nouvel ami barman. Au bout d'un long coït délicieux, la jeune femme a senti le sexe en elle commencer à être secoué par des spasmes. Un premier jet lui a tapissé la paroi de l'utérus. Elle s'est bien vite retirée, dégoulinante de mouille et de sperme mêlés, pour venir sucer avec délectation ce sexe qui continuait de cracher un bon jus chaud et épais. Pour ne pas être en reste, Fred, qui sentait l'éjaculation monter, est venu proposer sa queue à sa compagne. La belle alternait d'un sexe à l'autre. Elle ne voulait pas en perdre une goutte. Elle était très friande de sperme. Pas un seul jus d'homme n'avait le même goût qu'un autre. Et puis, il fallait nettoyer les outils, avant de recommencer, encore et encore. Surtout, sa véritable motivation était de ne pas laisser redescendre une belle érection. Le sexe masculin, qui avait tendance à ressembler à une demi-molle juste après la libération, remontait très vite avec les attentions buccales de la jeune femme. Rares avaient été ses partenaires à résister à ses fellations expertes. Les deux hommes se laissaient aller, envisageant déjà la suite des événements. Fred avait susurré quelques mots à l'oreille d'Hector. Cela avait eu pour conséquence de lui dessiner un sourire sur le visage. Interrogative, Lisa ne savait pas à quelle sauce elle allait être mangée. Aussi, lorsque son nouvel amant s'est éloigné, la laissant seule avec son homme, elle a ressenti une pointe de déception la saisir. Néanmoins, elle a laissé les mains de son compagnon courir sur elle. Il l'a entraînée sur le canapé, juste à côté de leur partenaire de jeu. Il lui a demandé, par ses sollicitations, d'écarter le plus possible ses cuisses. Il est venu, la tête entre ses jambes, lui bouffer la chatte. Il n'y avait pas d'autre mot. Il a littéralement dévoré son minou. Elle a eu un bref fou rire, avant de ressentir une chaleur intense l'envahir. Fred lui frottait frénétiquement le clitoris. En buvant une goutte de breuvage pétillant, mastiquant une bouchée de petits fours, le jeune barman n'a pas pu s'empêcher de lui caresser les seins. Ses tétons pointaient, il avait envie de les mordiller. Le banquier s'appliquait, alternant l'anulingus et le cunnilingus. Sa belle se tortillait sous ses furieux coups de langue. Parfois, il lui mordait les lèvres, le clitoris. Elle était surexcitée. Son sexe réclamait d'être maltraité ainsi. Sa vulve gonflait. Elle sortait bien sa poitrine pour que les mains de son amant d'un soir la pelotent fermement. Fred, comme transformé, a demandé à Hector de se reculer un peu. Lisa le regardait intensément. Sans plus de préparation, il lui a enfoncé sa queue profondément dans l'anus. Elle a poussé un cri puissant, aigu. L'homme de sa vie lui a attrapé les jambes pour poser ses chevilles sur ses épaules. Il a dit à Hector, qui le regardait un peu inquiet, qu'il allait lui montrer ce qu'elle aimait, cette petite salope. La belle était fan de ce moment où son homme devenait comme cela, vulgaire, incontrôlable. Elle savait ce qu'elle allait prendre. C'était ce qu'elle désirait le plus au monde. C'était pour cela que le jeune couple faisait des rencontres, pour cette excitation extrême qu'ils ressentaient. Dans une sorte de furie, Fred a pris Lisa brutalement. Il lui a pilonné méthodiquement le cul, avant de lui défoncer la chatte. La jeune femme hurlait. Elle lui demandait d'arrêter, de continuer, d'aller moins fort, plus fort, plus profondément, comme si elle perdait connaissance. Fred a fait un clin d'œil à Hector. Le jeune banquier est ressorti subitement de sa belle, invitant le barman à lui montrer de quoi il était capable. Il lui a conseillé de ne pas la laisser refroidir. Il fallait se conduire en homme, montrer sa virilité, sa puissance, faire preuve d'une brutalité mesurée. La jeune femme aimait être démontée, sans retenue, des heures durant. D'abord timide, le jeune Paraguayen s'est vite pris au jeu. Les yeux plantés dans ceux de sa partenaire, il lui prenait la chatte et le cul en s'enfonçant le plus profondément possible en elle. Elle avait eu un début d'orgasme, qui était retombé. Il sentait qu'elle voulait encore plus d'intensité. Son sexe était tendu comme jamais. Pendant qu'il limait comme un fou, Fred lui a expliqué que Lisa et lui appelaient cette épreuve le marathon du sexe. Tant que les bites se dressaient, leur partenaire sexuelle n'avait pas d'autre choix que d'encaisser. Ils pouvaient la lubrifier lorsque la sécheresse se profilait. C'était le seul confort qui lui était accordé. D'un signe de tête, la jeune femme a confirmé les dires de son compagnon. Il allait falloir être performants. Le record à battre était impressionnant. Les relais devaient être opérés de manière intelligente pour pouvoir reprendre des forces. Les deux hommes devaient également alimenter et abreuver leur partenaire féminine, sans cesser de la prendre sauvagement, pas question, dans cette épreuve, de se ménager des périodes plus lentes, pour laisser respirer la belle, ou souffler soi-même. Lisa était venue ce soir-là pour repartir avec ses petits trous qui la brûleraient, pas question de ne pas lui donner satisfaction. Fred avait prévenu qu'il était compliqué de lui faire avoir un orgasme vaginal. C'était un vrai défi pour Hector. Le jeune Sud-Américain faisait rouler ses hanches à un rythme effréné entre les cuisses de sa maîtresse d'un soir. Son sexe était devenu un véritable marteau-pilon. Les deux trous de la belle étaient bien dilatés. Les pénétrations se faisaient de plus en plus fortes. Les cris de la jeune femme manquaient de puissance, elle suffoquait. Hector, ruisselant de sueur, a demandé à Fred de venir le relayer. Il avait une crampe dans un mollet. Il fallait absolument qu'il mange un bout, qu'il boive de l'eau, plus question de champagne. Avant de penser à lui, il est revenu vers Lisa, pour lui faire avaler de l'eau doucement. Il lui a également fait croquer dans une pomme. Les couilles de Fred frappaient furieusement contre le bassin de sa bien-aimée. Il prenait un pied énorme lorsqu'il la sodomisait. Elle l'incitait à la prendre plus fort que jamais. Il devenait un animal, la soulevant du canapé à chaque coup de reins. Sa queue ne faiblissait pas. Elle l'excitait follement, ainsi poussée à la limite de la suffocation. Fred continuait de lui dire qu'ils allaient la calmer, qu'elle demanderait grâce. Elle lui souriait, le provoquant en remuant sous lui comme une damnée. Il lui a alors pris la chatte fiévreusement. Ses coups de boutoir se sont faits puissants. Elle a senti la belle queue de son homme taper au fond de son vagin. Elle mouillait énormément. Elle enchaînait les orgasmes longs. Elle s'agrippait à son homme, lui griffant le dos au fur et à mesure que l'intensité continuait à se renforcer. Le bonheur se lisait sur le visage féminin, lorsque des grimaces de douleur ne lui tiraient pas des larmes. Elle était en feu, dans tous les sens du terme. Cela faisait plus de deux heures que les mâles très en forme s'affairaient sur la demoiselle, qui n'était pas loin de céder. Les relais raccourcissaient. Les sexes commençaient à être bien chauds. Dans un dernier élan, Fred, qui connaissait par cœur sa compagne, l'a retournée pour la mettre à plat ventre sur le bord du canapé. Il lui a fait subir un assaut qui lui a provoqué un orgasme anal, avant qu'elle ne se mette à hurler tant les coups de bite étaient brutaux et profonds. Sa chatte était tellement gonflée qu'elle ne la sentait plus. Le sperme de son homme a été une libération pour elle. Elle savait que c'était la fin des ébats. Normalement, c'était le cas. Mais, vu que le jeune Hector était plus vigoureux que bien d'autres, croyant que le jeu se poursuivait, celui-ci a embroché la belle sans retenue. Il lui a labouré la chatte, lui arrachant des cris suraigus qui emplissaient la chambre d'hôtel. Pendant plus de vingt minutes, malgré ses supplications, il l'a déglinguée jusqu'à la remplir. Une fois l'acte terminé, les deux mâles, satisfaits de leur performance arboraient un sourire béat. Lisa, quant à elle, avait toute la tension nerveuse qui retombait. Des larmes coulaient sur ses joues. Elle était toute tremblante. Heureuse et triste que ce soit terminé, elle essayait, tant bien que mal, de se relever. Ses deux amants sont venus à son secours. Son premier geste a été de déposer un doux baiser sur les deux sexes masculins, en leur disant « bravo et merci ». Fred a adressé un clin d'œil complice à Hector. Insatiable, le jeune banquier lui a assuré qu'il saurait le récompenser dignement. Il lui laissait juste le temps de récupérer un peu. Lisa, en se nettoyant méticuleusement le sexe et l'anus, a ressenti une forte brûlure. Son regard vers la chambre l'a confortée dans sa pensée. La nuit n'était pas terminée. Il allait falloir qu'elle utilise du gel intime, du lubrifiant pour la suite. Même si elle mouillait bien, il valait mieux prendre des précautions.

Pour le moment, vu la tournure que prenait la soirée, c'était le petit cul d'Hector qui risquait de prendre cher. Son homme était dans un état d'excitation rarement atteint. Dans un coin de sa tête, Lisa savait déjà ce que serait leur prochaine soirée en trio. Elle en salivait à l'avance, sachant que cela conviendrait parfaitement à son homme. En regardant Hector, elle se dit qu'il était vraiment beau mec. Il allait faire le bonheur de nombreuses filles et de nombreux mecs. C'était un homme, un vrai. Viril, capable de diriger le coït avec son seul membre, ce garçon avait de l'avenir. Il ne devait pas gâcher cette fougue, cette envie, cette force sensuelle et sexuelle, avec un seul partenaire. Tous trois se sont retrouvés assis sur le canapé, Lisa au milieu de ses deux amants d'un soir. Ils se restauraient, en buvant une coupe de champagne bien méritée. Des rires fusaient. La conversation s'orientait vers des sujets divers et variés. L'atmosphère était détendue. Vu de l'extérieur, on aurait pu croire que les trois complices se connaissaient depuis toujours. Le lit, qui n'avait pas encore été défait, semblait appeler le trio. Ils avaient besoin de s'allonger un peu. Lisa voulait se retrouver entre ces deux hommes qui lui avaient donné tant de plaisir déjà. Elle n'en avait pas fini avec eux. Elle désirait en profiter pleinement. Dans son esprit, il était clair qu'ils ne reverraient probablement jamais Hector. Dans le lit, une place avait été laissée à la jeune femme entre ses deux partenaires. Ils n'avaient pas mis les draps sur eux. Ils étaient nus. Leur érection n'était pas complète. Il leur fallait une petite stimulation pour que le jeu puisse recommencer. Lisa avait déposé sur la table de nuit un flacon de lubrifiant. Elle voulait continuer à faire l'amour avec eux, aller au bout de cette relation en trio qui les satisfaisait pleinement tous les trois. Commençant à masturber doucement les deux mâles, la jolie jeune femme provoquait du regard son homme. Son envie était de le voir bien prendre Hector, devant elle, avant qu'elle ne se laisse pénétrer par le sexe du jeune barman. Les deux membres masculins n'ont pas mis longtemps à être de nouveau opérationnels. Ils se sont dressés fièrement. Lisa souriait. Elle souhaitait que Fred vienne se placer derrière leur ami paraguayen. Glissant doucement, la jeune femme est venue se lover contre le corps du troisième larron de cette belle soirée. Les mains douces du jeune employé de l'hôtel se sont promenées sur le corps de sa partenaire, la faisant frissonner de désir. Le jeune banquier, excité par cette sensualité qui se dégageait des deux corps devant lui, est venu se plaquer contre le dos de son ami. Avec son sexe, il caressait l'anus bien dilaté qui s'offrait de nouveau à lui. Pour plus de confort, Fred a préféré utiliser du gel pour aider à la pénétration. Le but n'était pas de provoquer de la douleur. Il avait follement envie de se lâcher dans ce joli petit cul tendu devant lui. Lisa et Hector s'embrassaient tendrement. Les seins de la jeune femme pointaient. Le vit du jeune barman était bien droit dans le bas du dos de la jeune femme. Le jeune banquier a frotté deux ou trois fois sa bite entre les fesses de son partenaire masculin. Celui-ci le provoquait en remuant son cul pour faire grandir encore son envie, son désir. Sans prévenir, d'un coup sec, il a enfoncé sa verge bien au fond de ce petit trou qui ne demandait que cela. Les mains du jeune Sud-Américain se sont fermées sur les seins de Lisa. Les caresses se sont intensifiées. La jeune femme s'est saisie du lubrifiant, pour préparer ses orifices aux assauts qu'elle savait être imminents. Elle en avait envie, c'était indéniable. Une partie de sexe aussi intense n'était pas si fréquente. Il fallait en profiter. Bientôt, les deux pénis se sont retrouvés dans un anus dilaté pour l'un, dans une chatte gonflée, accueillante, pour l'autre. Les coups de reins étaient puissants. La virilité des deux mâles était évidente, même lorsqu'elle s'exprimait dans une relation bisexuelle. Pour Hector, être pris en limant une femme était plus jouissif que tout. Son anus se dilatait bien à chaque pénétration dans le sexe féminin. Les mouvements de hanches de Lisa, qui se répercutaient dans celles d'Hector, excitaient au plus haut point Fred. Celui-ci allait bien au fond du cul béant que lui tendait de plus en plus son amant. Il voulait lui donner du plaisir, l'entendre jouir fort. En réalité, la véritable recherche du jeune banquier était de procurer le plus de plaisir possible à la femme de sa vie, par procuration, en donnant de grands coups de queue dans le cul de celui qui fourrait avec fougue Lisa. Il y parvenait plutôt bien. La jeune femme poussait de petits cris, dont le volume et le caractère aigu augmentaient doucement. Pendant plus d'une heure, les trois amants ont partagé une relation sexuelle intense, sensuelle. Les dernières pénétrations ont été plus profondes que jamais. Lisa a cru perdre conscience, lorsque la bite est venue frapper à plusieurs reprises le fond de son vagin. Elle ne retenait plus ses cris, devenus des hurlements.

Des larmes coulaient sur les joues de la jeune femme, à la fois de joie et de douleur. Elle avait la chatte comme anesthésiée. Il y avait bien longtemps que ses lèvres et son clitoris n'avaient plus connu un tel traitement. Ce jeune homme était vraiment un bon amant, comme elle les aimait. Et son homme avait été fidèle à lui-même. Les performances sexuelles de chacun des participants ont donné pleine satisfaction. La fatigue se faisant sentir chez les trois compères, dès les éjaculations arrivées, Lisa est venue se blottir au milieu de ces deux hommes qu'elle appréciait. Ils se sont endormis ainsi enlacés, leurs corps nus, les sexes enduits de sperme et de cyprine.

Quelques heures plus tard, au réveil, Hector, décidément très en forme, n'a pu s'empêcher de caresser Lisa, encore somnolente. C'était agréable. La jeune femme s'est laissé faire. Elle a jeté un œil à son compagnon qui dormait encore. Elle avait une folle envie de sentir le jeune barman en elle. Il était entreprenant. Avec sa langue, il est venu lui humidifier son sexe qui ne produisait plus guère de mouille. Il lui a titillé le petit bouton, toujours bien gonflé, enfonçant en même temps deux doigts dans son utérus bien sec. Avec sa salive, il a entrepris de rendre la jolie petite chatte de plus en plus humide. Sa partenaire se tortillait sous ces caresses intimes qu'elle adorait. Fred n'était pas du matin. Les baises au réveil étaient extrêmement rares, pour ne pas dire inexistantes dans leur vie de couple. Pourtant, de temps à autre, la jeune femme aurait bien aimé être même réveillée par une pénétration masculine. Le jeune Paraguayen lui plaisait énormément. Il avait deviné, anticipé ses désirs. Rapidement, elle a attiré son partenaire à venir sur elle, en elle. Il bandait bien dur. Elle voulait le sentir la prendre sauvagement, lui remplir de nouveau sa petite chatte gourmande de ce sperme chaud et épais, en quantité importante, que sa verge crachait avec vigueur. Ses éjaculations étaient puissantes, comme ses assauts. Ce sont les secousses du lit qui ont fini par réveiller Fred. Il ne comprenait pas trop ce qui se passait, émergeant avec difficulté. Le temps de reprendre ses esprits, il a découvert son nouvel ami en train de prendre énergiquement sa femme. Les mouvements de bassin le faisaient s'enfoncer profondément dans l'intimité de Lisa. Un sourire aux lèvres, le jeune banquier s'est installé, comme au spectacle, pour assister à la jouissance matinale de sa belle. Allongé sur le côté, la tête posée sur son coude, il appréciait la scène qui se jouait devant lui. Leur partenaire d'un soir était vraiment endurant. Il aimait le sexe. Il aimait les femmes. Les orgasmes féminins le faisaient frémir. Les cuisses de la jeune femme étaient écartées au maximum, accueillant son amant dans son sexe avec un bonheur non dissimulé. Sa jouissance commençait à monter. Elle s'agrippait au dos de cet homme qui la labourait frénétiquement. Le rythme s'était accéléré pour finir par une éjaculation qui les a réjouis tous les deux. Fred en a profité pour s'éclipser afin de prendre une douche. Le couple, en sueur, encore haletant de cet acte sexuel qui venait de leur offrir un super début de journée, s'est embrassé avec beaucoup de tendresse, de sensualité. Cet homme était à la fois doux, délicat, puissant et viril, selon l'instant vécu. Lisa était comblée. Ce coït du matin lui avait dessiné sur le visage un sourire radieux. Hector, la caressant doucement en s'éloignant d'elle, lui a dit qu'elle était belle. Avec un clin d'œil, il lui a affirmé que, si elle voulait un jour de nouveau faire des galipettes avec lui, il se rendrait disponible. La jeune femme, encore troublée par ce plaisir qu'il venait de lui donner, l'a regardé, nu devant elle, une certaine envie au creux de son ventre. S'il restait ainsi, elle était capable de lui attraper la verge, de le lécher, de le sucer, pour qu'il vienne de nouveau en elle. Elle se surprenait à ressentir des fourmillements dans le bas-ventre. Lorsque Fred est revenu dans la chambre, une certaine gêne semblait s'être installée. Les petits cris de la jeune femme avaient laissé place à un silence qui aurait pu sembler coupable. Hector se tenait debout devant la fenêtre, tournant le dos à Lisa. Il était redevenu professionnel. Il téléphonait à ses collègues pour qu'un petit déjeuner copieux soit apporté aux clients de la chambre dont il communiquait le numéro. Pour disparaître, et ainsi ne pas être vu par les personnes avec lesquelles il travaillait, le jeune barman s'est éclipsé dans la salle de bains. Lisa hésitait entre l'envie de rester avec son homme qui venait de s'asseoir sur le bord du lit, et la folie de rejoindre son amant pour faire l'amour sous la douche, rien que tous les deux. Il était évident qu'Hector avait créé un sentiment nouveau chez Lisa. Cela arrivait parfois lors de rencontres fortes en émotions, en intensité. Fred ne semblait pas inquiet outre mesure. Il regardait sa belle, attendri. Se penchant vers elle pour déposer un doux baiser sur ses lèvres, il lui a juste demandé si elle avait aimé. La jeune femme a acquiescé. Elle savait que le moment de la séparation serait particulier. Il allait pourtant falloir reprendre le chemin de la maison pour retrouver le quotidien à deux. L'espace de quelques semaines, tous deux devraient mettre à profit cette belle rencontre pour partager des ébats sexuellement explosifs. Elle savait que son homme avait adoré ces heures passées tous les trois. Elle l'avait vu dans une sorte de compétition avec ce jeune mâle vigoureux. Cela n'allait pas être sans conséquence sur leur vie intime. Lisa se préparait à vivre de beaux assauts qui lui procureraient des orgasmes multiples. Remerciant Hector d'un baiser passionné, la jeune femme et l'homme de sa vie s'en sont allés, laissant le jeune barman un peu désemparé. Il avait vécu une expérience inédite. Il aurait aimé que cela se prolonge encore et encore. Pourtant, il savait que le couple allait repartir. À présent, un vide immense se faisait sentir.

Au fil des jours, chacun reprendrait sa vie. Cette expérience sexuelle hors du temps, cette jolie parenthèse resterait un bon souvenir. Nul doute que les trois protagonistes garderaient une place, quelque part au fond de leur cœur, pour ce que cette nuit leur avait procuré comme plaisirs divers, et comme bonheurs fugaces.

Chapitre 6

Un homme heureux

Un mois et demi s'était écoulé depuis la soirée avec Hector, avant que l'envie d'une rencontre ne pointe de nouveau le bout de son nez dans le couple de Lisa et Fred. Tous deux avaient profité de cette période pour expérimenter de nouvelles positions, de nouvelles pratiques, avec plus ou moins de succès, d'où une certaine lassitude du sexe en duo. Cela faisait longtemps déjà que la jeune femme remettait un rendez-vous avec une collègue. La dame, expérimentée, avait divorcé depuis plus de cinq ans. Depuis, elle avait une vie sexuelle dissolue, qui avait bien failli lui causer des soucis dans son travail, à cause d'un manque de discrétion évident. Personne ne pouvait ignorer les folles soirées auxquelles cette jolie quinquagénaire participait. Pendant les pauses, elle évoquait avec certains collaborateurs des rencontres qui se finissaient sur l'oreiller, ou à l'arrière d'une voiture, voire dans les bois ou sur le bord d'un plan d'eau. Aucun détail croustillant n'était épargné à ceux qui étaient bon public. Dans les premiers temps, Lisa n'écoutait pas ces récits, qu'elle pensait être des divagations, des inventions pour se rendre intéressante. Certes, la dame était élégante, raffinée. Elle prenait soin d'elle. Pas vraiment belle, elle dégageait un charme fou. Elle était mince, fine, toujours vêtue de manière à attirer les regards sur elle. Assez grande, elle ne laissait personne indifférent. Son regard était toujours pétillant. Elle arborait un sourire radieux. Pour tout le monde, Déborah était pleine de vie, agréable, sociable. Pleine de qualités, avec ce seul défaut, pas des moindres : elle était bavarde, beaucoup trop aux yeux de certains. Lisa, notamment, avait longuement hésité à organiser une soirée pour la présenter à Fred. La jeune femme se moquait bien des ragots qui pouvaient courir sur son couple, leurs mœurs et autres déviances. En revanche, au bureau où elle exerçait comme graphiste, elle mettait un point d'honneur à ne jamais parler de sa vie intime. Il a fallu de longues discussions, en privé, avec Déborah, pour fixer des règles. Lisa avait la certitude que cette femme plus âgée l'attirerait. Elle surprenait souvent des regards de son homme, dans la rue, au restaurant, en d'autres lieux, qui se posaient sur des femmes plus vieilles qu'elle. Elle savait qu'il les trouvait désirables. La négociation avec sa collègue avait été âpre. L'aînée des deux ne comprenait pas cette réserve, cette réticence à partager avec le monde entier ce bonheur d'être libre sexuellement. Pour elle, c'était comme une thérapie. Depuis sa séparation d'avec cet homme ennuyeux qu'était son époux, elle revivait. Les deux femmes étaient finalement tombées d'accord. Personne, au bureau, ne devrait savoir qu'elles s'étaient vues, en compagnie de son homme, pour passer une soirée coquine. Lisa ne pourrait pas lui interdire de raconter ses ébats. Ce qu'elle refusait, c'était que les autres membres de leur petite équipe professionnelle soient au courant de qui il s'agissait. Le doute a repoussé encore de quelques jours l'invitation. La jeune femme a fini par dire à son compagnon qu'elle s'occupait de leur prochaine rencontre. Celui-ci a cherché à en savoir plus, comme toujours, en utilisant des caresses poussées parfois. Lisa n'a pas cédé. Elle voulait que ce soit une surprise. Fred avait déjà entendu parler de Déborah. Sa belle disait souvent qu'elle avait le feu aux fesses, une libido hyper développée. Ses aventures auraient pu servir de support pour écrire un livre érotico-pornographique. Lorsque sa partie de jambes en l'air s'était bien passée, elle ne tarissait pas d'éloges. Dans le cas contraire, elle était impitoyable. Lisa n'avait pas le moindre doute sur la capacité de son homme à répondre aux attentes de la dame. L'inconnue résidait dans ses pratiques bisexuelles. Déborah se faisait beaucoup plus discrète, bizarrement, sur les sensations ressenties lors d'actes sexuels entre filles, la faute, sans doute, à une position sociale qui acceptait mieux une réputation de croqueuse d'hommes. La dame de cinquante-sept ans fréquentait assidûment des clubs, où se retrouvaient des libertins pour passer des soirées sans prise de tête, ces lieux qu'avaient fuis Lisa et Fred, en raison de l'augmentation de la moyenne d'âge des gens qui fréquentaient ces endroits, entre autres. Et là, elle proposait à une femme de plus de cinquante ans de venir baiser avec eux. Rendez-vous fut donc pris un dimanche, pour un de ces après-midi coquins qui terminaient en beauté le week-end. Déborah était une femme très prise, sans mauvais jeu de mots. Il était compliqué de trouver un créneau suffisant pour passer un joli moment à trois en toute simplicité, sans équivoque, juste pour le sexe. Intrigué, Fred n'a cependant pas fait de remarque, lorsque la femme de sa vie lui a dit qu'elle avait invité une de ses collègues à passer boire un verre en début de soirée ce dimanche-là. Lisa ne fréquentait guère les personnes avec qui elle travaillait, n'ayant pas particulièrement d'atomes crochus avec les uns et les autres. Dans les intonations de sa belle, il avait ressenti qu'il devait s'agir de cette fameuse rencontre dont elle devait s'occuper. Perplexe, il faisait appel à sa mémoire, pour essayer de se souvenir de collègues dont elle aurait pu lui parler avec plus d'insistance. Rien de significatif ne lui revenait. Il allait donc lui falloir être patient. Il était environ dix-huit heures, le fameux jour, lorsque la sonnette de la porte d'entrée a résonné dans l'appartement. Lisa a sursauté, surprise que le temps ait passé si vite. Elle avait tenu à préparer un petit buffet soigné. Le champagne était au frais. Elle était superbe. Fred avait fait un effort vestimentaire notable, à sa demande, en mettant une veste et une cravate. Le couple hôte de la soirée est allé ouvrir à l'invité qui se présentait. La jeune femme espérait que son amoureux serait content de son choix. Si près du but, elle avait un doute. Mais, lorsque la porte s'est ouverte, elle n'a plus eu la moindre appréhension. La soirée allait être euphorisante, pétillante, un vrai feu d'artifice. Le regard de Fred ne quittait pas celui de cette femme qui se tenait là, devant lui, sur le pas de sa porte. La dame portait une de ces combinaisons près du corps, avec un décolleté plongeant vertigineux, que seules les femmes d'une certaine génération osaient porter. C'était à la fois élégant et sexy à souhait. Juchée sur de hauts talons, la belle dame, déjà grande, dépassait Fred. Cela l'impressionnait énormément. Cette femme dégageait une sensualité incroyable. Elle avait cette assurance qui déstabilisait parfois les hommes qu'elle rencontrait. Le jeune homme, lui, n'a pas été long à se reprendre pour inviter la jolie dame à entrer. Les yeux dans les yeux, elle lui a dit s'appeler Déborah, travailler depuis quelques années maintenant avec Lisa, avoir beaucoup entendu parler de lui, ce qui, bien sûr, était un mensonge, puisque la jeune femme ne parlait jamais de sa vie privée au bureau.

Sous le charme, il était prêt à tout accepter, à tout entendre. Sentant une certaine magie s'opérer entre Déborah et Fred, Lisa s'est effacée pour aller mettre une touche finale aux préparatifs. Elle tenait absolument à ce que tout soit parfait. Vu que les deux autres participants de la soirée ne lui prêtaient aucune attention, elle est allée vérifier dans la salle de bains sa tenue. Satisfaite, elle est revenue discrètement. Déborah et Fred étaient installés, comme deux vieux amis, discutant et riant comme s'ils se connaissaient depuis des années. La collègue de Lisa avait la main posée sur la cuisse de son compagnon. Une grande complicité s'était installée naturellement. C'était une bonne chose. La preuve pour la jeune femme que son choix était judicieux. Le visage radieux, le jeune homme se rapprochait peu à peu de cette complice qui lui faisait beaucoup d'effet. Il avait très envie de l'embrasser. C'était vraiment une belle femme, avec des atouts de séduction irrésistibles. Dans la discussion, elle a prétexté avoir le cœur qui battait fort pour faire se poser la main du jeune homme sur sa poitrine. Fred, qui n'attendait que cela, s'est encore approché, pour être tout contre sa partenaire de jeu. Lisa, qui observait le petit manège de son aînée, arborait un large sourire. Son homme, qui lui jetait des regards interrogateurs, semblait attendre son autorisation pour que la soirée commence vraiment. Elle a simplement hoché la tête. Tout à son attention pour la femme, dont il sentait les effluves d'un parfum enivrant, Fred laissait une main experte venir caresser son sexe qui, lentement, durcissait. Son envie montait, la température avait augmenté de plusieurs degrés. Déborah se trémoussait sur le canapé, tout en jouant avec l'objet de son désir. La main de la dame était maintenant dans le pantalon, elle voulait sentir la texture de ce pénis dont elle avait follement envie. Elle n'était pas venue juste pour se regarder dans les yeux. L'invitation était sans équivoque. Cette soirée était la promesse d'actes sexuels avec des partenaires qui étaient loin d'être des novices. Néanmoins, Fred semblait intimidé. Il caressait les seins de la belle, pinçant les tétons pour les faire joliment pointer. La quinquagénaire se mordait les lèvres, commençant à être émoustillée par ces gestes agréables. Elle voulait que cet homme, qui lui plaisait décidément beaucoup, lui retire ses vêtements. La dame sentait une chaleur l'envahir. Dans son ventre, des fourmillements faisaient monter un désir de plus en plus fort. Les regards se faisaient plus appuyés. Déborah, sensuellement, s'est laissé glisser sur le sol, face à Fred. Elle a fait descendre son pantalon, entraînant dans un même geste le boxer. Avec ses mains, elle a prodigué des caresses d'une sensualité incroyable à son partenaire. Prenant tout son temps, elle a palpé, saisi, relâché, attrapé fermement un vit qui se tendait un peu plus à chaque nouvelle manipulation. Elle provoquait le jeune homme, en lui disant qu'il aimerait qu'elle lui fasse une pipe. Elle attendait la réponse, en jouant de ses doigts sur son gland humide. C'était intenable pour Fred. Cela lui donnait envie d'arracher ses vêtements à cette femme expérimentée, qui connaissait les petits secrets pour rendre un homme fou. Lisa, se faisant la plus discrète possible, observait avec attention cette manière de faire. En voyant le résultat sur son homme, elle se disait que c'était à expérimenter, sur lui, ou sur un amant d'un soir. N'y tenant plus, le jeune homme a repris les choses en main. La combinaison, qu'il avait commencé à déboutonner depuis un bon moment, était à présent ouverte jusqu'à la naissance de son pubis où un trait fin de poils, style ticket de métro, se laissait entrevoir. D'un geste ferme, Fred a enlevé complètement le vêtement de ce corps féminin qu'il désirait. Déborah était nue en dessous. Le jeune homme glissait sa main entre ses cuisses qui s'écartaient pour lui. Il était comme un gosse dans un magasin de jouets. Il avait à sa disposition un sexe ravissant, un petit cul bien ferme. La dame s'entretenait, cela se voyait. Pour son âge, elle était juste magnifique. Impossible de résister plus longtemps, retrouvant sa vigueur de mâle puissant, le jeune banquier a soulevé sa partenaire de terre, pour aller la plaquer contre le mur. Elle avait mis ses jambes autour de la taille de celui qu'elle voulait maintenant sentir en elle. Sa queue était plaquée contre son ventre. L'homme viril était de retour. Il a saisi fermement les hanches de sa partenaire, la faisant monter contre la paroi, pour faire pénétrer son sexe en érection dans la jolie chatte humide qui s'offrait à lui. Avec force, il la soulevait à chaque coup de reins. Elle était agrippée à lui, comme une moule à son rocher. Elle réclamait des coups de boutoir plus profonds. La dame était gourmande, elle aimait le sexe intense. Lisa n'avait jamais vu l'homme de sa vie aussi excité dès le début de l'acte. Il semblait habité, comme envoûté. Les caresses intimes de Déborah ne devaient pas être étrangères à cet état second dans lequel se trouvait le jeune homme. Les deux partenaires se déplaçaient à présent dans la pièce. La femme mûre paraissait légère comme une plume. Il continuait de la prendre, la faisant glisser sensuellement contre son ventre musclé, pour qu'elle s'empale sur cette bite plus raide que jamais. Le tableau était plutôt joli à regarder. Lisa, un peu frustrée, prenait note des excitations qui pouvaient mettre son homme dans un tel état. En le voyant ainsi danser avec cette belle femme, son sexe glissé en elle, la jeune femme en aurait presque ressenti de la jalousie. De ce fait, elle était impatiente de pouvoir participer activement à ce plan à trois. Le déplacement dans l'appartement a conduit les deux amants, toujours intimement unis, vers le lit du couple qui accueillait cette soirée. Déposant délicatement la dame sur le bord du lit, Fred a détaché les jambes féminines pour attraper ses chevilles. Il a commencé à s'enfoncer au plus profond d'une partenaire qui n'attendait que cela. Son pénis entrait et sortait à un rythme rapide, arrachant de petits cris à celle qui se donnait joliment à lui. Les coups de reins se faisaient fougueux. La dame mouillait bien, laissant la queue bien glisser en elle. Lisa s'était déplacée pour voir ce spectacle de plus près. Elle n'en pouvait plus, de voir, de loin, ce sexe masculin pilonner cette vulve offerte. Pour la jeune femme, il était impossible de rester de marbre. Se déshabillant, elle s'est approchée, pour venir s'agenouiller entre les jambes de son compagnon. Elle lui a gobé les couilles qui frappaient le cul de Déborah, qui s'abandonnait complètement aux assauts de son partenaire d'un soir. Se glissant comme un serpent, pour venir mettre sa bouche sur l'anus de son aînée, la jeune femme a entamé un anulingus qui a fait son petit effet. Surprise, la dame a semblé apprécier grandement cette intervention. La langue qui lui explorait son petit trou savait très bien y faire, pour le détendre, tout en augmentant fortement le désir. Fred, que sa compagne gratifiait de quelques caresses sur ses testicules, redoublait de puissance dans ses pénétrations. Il accélérait les va-et-vient, pour donner du plaisir à cette femme délicieuse. Il la sentait se raidir. Dans le même temps, Lisa dilatait doucement l'anus, en y mettant un, puis deux doigts. La jeune femme avait fini de se dévêtir en continuant de préparer le petit trou de Déborah. D'autorité, alors qu'il ressortait pour mieux rentrer profondément dans leur invitée, Lisa a saisi à pleines mains le sexe de son homme pour le prendre en bouche. Elle avait envie de goûter cette queue, enduite de la mouille de sa collègue de bureau. Elle n'a pas été déçue. Le mélange était subtil, doux, suave. Pour ne pas laisser Déborah frustrée, elle lui a enfoncé sans ménagement trois doigts dans la chatte, les repliant pour chercher cette jouissance tant attendue. Le sexe masculin bien en bouche, les mains libres du coup, elle a entrepris de titiller le clitoris de leur partenaire. La dame, heureuse des attentions du couple, était toute à son bonheur. Elle aurait aimé que le sexe continue à s'enfoncer en elle, mais les doigts qui s'occupaient d'elle avaient vraiment l'habitude de procurer du plaisir. Fred caressait les seins de Déborah fermement, venant poser ses lèvres sur les siennes, pour un baiser fiévreux, passionné. D'autorité, sans brusquerie, le jeune homme a repoussé sa compagne pour venir bien prendre leur invitée. Celle-ci semblait tout émoustillée par les caresses prodiguées par Lisa. Sa vulve était luisante de mouille, ouverte, offerte. Le sexe masculin sentait cet appel, il ne pouvait y résister plus longtemps. Déborah, très excitée, incitait son partenaire à aller plus profondément en elle, plus fort, plus vite. Lisa, qui était venue s'installer juste à côté d'elle, l'embrassait goulûment, entamant un jeu de langues des plus sensuels. Elle lui caressait les seins, alternant douceur et pincements qui faisaient sursauter la belle dame. Les va-et-vient devenaient de plus en plus passionnés. Fred y mettait de la vigueur, de l'énergie, pour satisfaire cette belle femme qui aimait le sexe bien fait. Chaque pénétration profonde lui tirait un petit cri aigu, qui constituait une motivation supplémentaire pour le jeune homme dont l'érection était bien dure. Les coups de reins se faisaient furieux. Fred voulait entendre jouir cette coquine. Elle aimait follement la bite, ça se voyait. Il ne fallait pas lui en promettre. Elle était venue chez eux pour avoir sa dose. Il n'avait pas le droit de la décevoir, ne serait-ce que par rapport à Lisa. Les deux femmes étaient collègues de bureau. Déborah, dans un mouvement naturel, s'est agenouillée sur le canapé, face au mur, la tête tournée de côté pour continuer à échanger des baisers délicieux avec Lisa. Écartant ses fesses, au cas où Fred aurait eu un doute sur ses intentions, elle jouait avec son petit anus que la compagne du jeune homme avait commencé à préparer doucement.

Le sexe tendu est passé, sans la moindre formalité, du vagin à l'anus. Le petit trou était suffisamment humide pour que la pénétration énergique se fasse sans la moindre difficulté. La dame se trémoussait. Visiblement, elle était très friande de la sodomie, vu l'état de son orifice anal. Fred s'est redressé, pour venir chevaucher sa partenaire, afin de pouvoir bien s'enfoncer en elle. D'une main experte, Lisa a frotté, doucement d'abord, puis de plus en plus fort, le clitoris de Déborah. Heureuse de ces attentions, la quinquagénaire ondulait sous les coups de bite de plus en plus brefs, secs, profonds. La jouissance commençait à monter. Une chaleur torride l'envahissait, lui procurant des sensations agréables. Les enchaînements se faisaient naturellement. Pratiquer l'acte avec une femme expérimentée était un plus. Sans même savoir comment, Fred s'était retrouvé entre les cuisses de sa compagne, à la prendre sauvagement sur le tapis devant le canapé. Déborah écrasait le visage de Lisa avec son sexe, la privant presque d'air pour respirer. L'invitée de la soirée réclamait de se faire bouffer la chatte. Elle avait perdu toute élégance, laissant de côté ses bonnes manières pour devenir une vraie cochonne, une affamée de sexe, une salope à la limite de la nymphomanie. Heureusement pour elle, Fred maîtrisait parfaitement ses émotions. Il conservait les commandes de son pénis. Lisa aimait cette endurance chez son compagnon. Cela leur permettait de passer de très bons moments, lorsqu'ils étaient tous les deux, mais aussi et surtout lorsqu'ils recevaient ou rencontraient d'autres partenaires. La jeune femme était satisfaite de le voir si bien s'occuper de sa collègue de travail. Si celle-ci venait à raconter sa soirée, sans dire qu'il s'agissait de l'homme de Lisa comme elle s'y était engagée, elle pourrait faire des éloges de ce mâle avec lequel elle aurait pris son pied. C'était une satisfaction de voir ainsi l'homme de sa vie prendre avec autant d'implication une autre femme, avant de revenir s'enfoncer en elle pour la faire jouir encore et encore. La jeune femme était comblée. Les pénétrations lui faisaient tellement de bien, qu'elle ne contenait plus ses orgasmes successifs. La chatte de Déborah lui dégoulinait sur le visage. La cyprine de la dame était délicieuse, comme légèrement acidulée. Un coup de reins plus fort que les autres lui a fait mordre la chatte qu'elle dégustait. Fred ressentait l'envie de décharger une première fois. Sa verge était tendue, dressée devant lui, maintenant qu'il l'avait ressortie de la vulve de sa belle. Il la tenait à la main. Une idée venait de germer dans son esprit pervers. Il aimait les fellations. Il avait deux bouches à sa disposition. Tout était pour le mieux dans le meilleur des mondes. S'agenouillant toutes les deux, les représentantes du sexe féminin se sont approchées du vit masculin qu'elles aimaient tant. Tandis que Lisa n'a pas eu la moindre hésitation, Déborah a semblé plus réticente à offrir cette caresse buccale à ce partenaire qui méritait bien d'être récompensé de ses efforts pour lui procurer du plaisir. La pipe n'était pas ce que la femme plus âgée préférait. Pourtant, elle savait que c'était un incontournable dans les pratiques sexuelles à plusieurs partenaires. Tout comme elle adorait se faire brouter le minou, comme elle disait, il fallait se sacrifier parfois à pomper la belle queue d'un mec pour le faire gicler. De raffinée, la dame pouvait facilement passer à grivoise, voire vulgaire dans l'acte sexuel. Elle lâchait complètement prise pour se livrer à ses instincts les plus basiques. Elle redevenait un animal pendant le coït. Il valait mieux qu'elle ne fréquente pas d'homme infidèle, sans quoi l'épouse remarquerait tout de suite les traces de griffures, les morsures quelquefois. Plutôt que de prendre la queue en bouche, Déborah s'est appliquée à caresser les bourses de Fred, qui ne demandaient qu'à se soulager de cette semence qu'elles contenaient. Des spasmes ont soudain agité la verge, toujours bien en bouche de

Lisa. Celle-ci regardait fixement son homme qui remplissait son orifice buccal de son sperme chaud et épais. Avec sa langue, la jeune femme s'est évertuée à bien nettoyer ce membre luisant. Elle ne voulait pas en perdre une goutte. Sa collègue et son homme s'embrassaient à pleine bouche. Se redressant, elle les a rejoints, pour venir se mêler à ce baiser passionné, y ajoutant sa petite touche personnelle, une intervention diversement appréciée. Décidément, l'invitée de la soirée n'était pas une amatrice de jus de corps d'homme, à moins que la dame ne préfère se faire remplir la chatte et le cul, plutôt que la bouche. Fred, l'œil coquin, se dit qu'il allait bien voir lors de la prochaine éjaculation. Il maintiendrait fermement sa partenaire pour lui tapisser le fond du trou dans lequel il serait. Cette simple pensée a suffi à provoquer une légère raideur, un durcissement qui laissait présager une recharge rapide, pour que tous les trois puissent de nouveau faire des folies de leurs corps. Durant ce court répit, la dame de plus de cinquante ans a grignoté quelques douceurs, les accompagnant d'une gorgée de champagne. Elle aimait tant ce breuvage. Lisa, quant à elle, était allée se rincer la bouche. Elle ne voulait pas mélanger les saveurs. En d'autres temps, d'autres lieux, avec Fred, ils avaient joué avec la nourriture et les boissons. Le jeune homme y trempant son sexe, pour une dégustation les yeux bandés. Parfois même, il avait ajouté à des desserts une crème que sa belle reconnaissait sans hésitation aucune. Revenant sur le canapé, la jeune femme a pu constater que son aînée était une femme entreprenante. N'attendant même pas une érection complète, elle s'est empalée sur la bite qu'elle avait à sa disposition. Lentement, elle se soulevait, se laissant redescendre en douceur. Elle continuait de l'alimenter et de s'hydrater pendant ce temps. Les mains de Fred avaient saisi fermement les fesses de Déborah. Ses seins se dressaient devant ses yeux, lui procurant une belle joie. C'était vraiment une femme magnifique. Lisa avait eu bien raison de faire venir cette collègue dont elle lui avait parlé, pour son côté coquin. Elle était bien en dessous de la vérité. Les mouvements de bassin étaient savamment étudiés. La queue du jeune homme se raidissait de plus en plus, pour retrouver sa rigidité maximale quelques secondes plus tard. Le mâle était bien décidé à se laisser faire. La dame avait l'air d'aimer mener les débats. Cela lui convenait parfaitement. Fred regardait sa partenaire s'amuser sur son pénis. Le souffle de la dame s'accélérait doucement. Elle tournait sur ce sexe masculin auquel elle prenait de plus en plus goût. Sa chatte gourmande émettait un petit clapotis qui ravissait autant les deux partenaires en action que Lisa, qui observait avec attention, une idée derrière la tête. L'espace de quelques minutes, la jeune femme a disparu. La position de ses deux comparses lui avait donné des envies. Elle était allée dans un placard, chercher un jouet dont elle voulait absolument se servir avec Déborah. La coquine allait apprécier, elle en était certaine. Elle l'a nettoyé, l'a positionné correctement, avant de l'enduire de lubrifiant. Leur invitée ne voyant pas ce qui se profilait, Fred, lui, était très enthousiaste de voir sa compagne s'avancer. Sans aucune préparation, d'un coup sec, presque brutalement, Lisa a enfoncé son gode-ceinture au fond de l'anus de Déborah, alors qu'elle se laissait glisser le long du pénis sur lequel elle s'amusait. La dame a juste poussé un gémissement. Elle a ajusté sa position, pour que la jeune femme derrière elle puisse se donner pleinement, pendant qu'elle continuait à faire des allers-retours de plus en plus profonds sur la verge dressée qu'elle enfonçait dans son utérus. La belle était trempée, excitée d'avoir un si bel engin à sa disposition. Le temps de bien se caler en rythme, la double pénétration a bientôt procuré des sensations indescriptibles à Déborah. Écartant au maximum ses cuisses sur son partenaire, elle ouvrait si joliment ses fesses que Lisa sentait une excitation incontrôlable monter en elle. Les sollicitations verbales de son aînée lui faisaient beaucoup d'effet. La dame ne se contrôlait plus. Elle voulait être défoncée, pilonnée, démontée. Elle voulait que Fred reprenne les choses en main pour la prendre plus profondément. Le couple s'est alors cadré pour imprimer un rythme soutenu dans les deux trous de leur invitée. Celle-ci poussait des cris, des hurlements même tant les pénétrations se faisaient profondes. Devant, comme derrière, la dame était comblée. Ses regards en disaient long sur sa reconnaissance. Elle tendait son cul à Lisa, lui disant qu'elle était folle de ce qu'elle lui faisait subir. Dans sa démence sexuelle, elle disait à sa jeune collègue qu'elle allait la coincer dans les toilettes du bureau pour lui faire subir des attouchements. L'acte était à son apogée. Le trio s'amusait vraiment. La situation était sans équivoque. Trois adultes consentants qui se faisaient du bien. Un couple aux mœurs libérées qui appréciait de faire entrer dans l'intimité de son foyer des partenaires des deux sexes, afin de s'épanouir pleinement, de beaux échanges, un vrai partage. Là, en l'occurrence, Lisa et Fred étaient plus qu'heureux de la venue de Déborah. Elle répondait à toutes leurs attentes. Avec ce petit plus, cette expérience qui la rendait encore plus attirante. Dans l'action, elle savait s'offrir au mieux pour que le plaisir vienne, chez l'un comme chez l'autre. Cette dame avait un vécu sexuel indéniable. La double pénétration se faisait de plus en plus virulente. L'invitée du couple ne contrôlait absolument plus rien. Elle mouillait comme une dingue. Sa chatte grande ouverte était délicieuse à prendre encore et encore. Son anus bien dilaté constituait un jouet idéal pour la jeune femme qui, avec son gode-ceinture, imprimait des va-et-vient dignes d'un mâle en rut. Les trois partenaires étaient haletants, dégoulinant de sueur. Ils se donnaient pleinement, tant leur désir était grand. Le sexe de Fred semblait durcir de minute en minute. Il s'enfonçait au plus loin, dans le vagin bien lubrifié de cyprine. La coquine mouillait aussi du trou du cul, facilitant ainsi la sodomie orchestrée par Lisa. Lorsqu'elle a senti le sperme jaillir en elle, Déborah a serré les cuisses pour emprisonner son partenaire masculin. Dans un même élan, ses fesses se sont refermées sur le jouet de Lisa, la bloquant au fond de l'anus de sa partenaire. Une jouissance extrême a provoqué le plus beau des orgasmes à la dame. Elle ne voulait pas que cela s'arrête. Sexuellement, l'aînée des deux femmes avait décidément des choses à enseigner à sa cadette. Parvenir à un tel niveau de plaisir, avec son homme et une autre partenaire, jamais encore le couple n'y était parvenu. Les voisins risquaient de se souvenir de la venue de la collègue de Lisa. Elle était très expressive, sans filtre, sans retenue. Pour Fred, son seul petit défaut, parce qu'il fallait bien lui en trouver un, était de ne pas sucer. La dame n'aimait pas ça. Cela se voyait, se ressentait. Elle avait bien d'autres atouts pour faire oublier cette lacune, qui n'en était pas une à proprement parler. Chacun, chacune avait le droit de ne pas apprécier certaines pratiques. Les trois corps nus, à présent décollés les uns des autres, évoluaient dans l'appartement. Chacun se détendait comme il pouvait, ayant les muscles des jambes ankylosés d'être restés dans la même position pendant un bon moment. Il fallait en profiter pour boire un verre d'eau, afin de s'hydrater. Manger quelque chose de sucré, pour reprendre des forces. Les trois amants ont discuté. Finalement, Lisa s'est aperçue qu'elle ne connaissait pas si bien que cela celle qu'elle côtoyait tous les jours au bureau. Cette expérience était enrichissante. Dorénavant, elle ne la verrait plus du même œil. Les ragots du boulot sur Déborah lui passeraient au-dessus. Elle était libre de faire ce qu'elle voulait de sa vie, après tout. Très complice avec

Fred, l'invitée de la soirée s'est isolée dans un coin du salon, tandis que Lisa s'était absentée quelques instants. À son retour, elle a senti les regards posés sur elle. Déborah se faisait sensuelle, déambulant dans la pièce en remuant exagérément son joli postérieur. Le jeune homme semblait apprécier la présence de ces deux femmes. La belle dame s'est approchée de sa jeune collègue, provocante, avec une posture très masculine, fière. D'un geste ferme, elle a plaqué Lisa contre elle, l'embrassant à pleine bouche. Sa langue forçait les lèvres de la jeune femme qui, un peu surprise, avait eu un mouvement de recul défensif. La main de la quinquagénaire est venue se plaquer sur les fesses de sa complice. Leurs pubis se frôlaient. Leurs poitrines s'écrasaient l'une contre l'autre. Il y avait, dans cette étreinte, toute la beauté, la brutalité, l'essence même du couple. Visiblement, la dame avait une idée bien précise de ce qu'elle attendait de sa jeune partenaire. Elle l'avait amenée dans la chambre, devant le lit. C'était étrange. L'aînée des deux femmes ne dormait jamais chez ses plans cul. Allait-elle faire une exception pour eux ? Lisa ne savait trop que penser. Distraite par des bruits étranges, elle cherchait du regard son compagnon, qui n'était pas dans son champ de vision. Les choses se sont alors enchaînées rapidement. Déborah a poussé la jeune femme sur le lit. Elle s'est allongée de tout son poids sur elle, l'empêchant d'esquisser le moindre mouvement, lui bloquant les poignets au-dessus de la tête. Avec son genou, elle faisait pression sur sa vulve gonflée, provoquant un mélange d'excitation et d'appréhension. Fred est apparu. Il avait de fines cordelettes à la main. Lisa ne se souvenait pas posséder ce style d'attaches pour leurs jeux sexuels. Ils avaient des paires de menottes, des chaînes, des lanières en cuir, mais pas de cordes fines. Ce devait être leur invitée qui les avait apportées, dans un but bien précis. En moins de temps qu'il n'aurait fallu pour le dire, la jeune femme s'est retrouvée les poignets entravés, reliés à la barre de la tête de lit. Déborah lui avait fait basculer son bassin vers ses épaules, pour venir attacher ses chevilles avec ses poignets. La position était certes inconfortable, mais très excitante pour les deux amants qui profitaient du spectacle. Tremblante, Lisa se demandait ce qui allait lui arriver. Cela lui rappelait ses jeunes années, lorsqu'elle avait des pratiques débridées, avec des partenaires multiples. Elle savait pertinemment que Fred n'accepterait pas de faire venir de nombreux hommes pour la prendre les uns après les autres. Elle était dubitative. Déborah avait disparu. Plus personne ne s'occupait d'elle. Son sexe était luisant de mouille, offert aux regards et aux assauts. Une lueur d'inquiétude brillait dans ses yeux. La jeune femme a alors regardé son compagnon, qui lui a adressé un sourire qui aurait dû la rassurer, mais n'a pas eu l'effet escompté. L'esprit détourné, elle n'a pas vraiment prêté attention au retour de la troisième complice de jeux sexuels. Celle-ci est montée sur le lit, décidée, venant se placer entre les cuisses de Lisa. Elle a senti un objet s'enfoncer dans son utérus. Quelque chose de dur, de nervuré, de long, d'épais. Elle avait bien une petite idée de ce que c'était. Leur invitée s'était transformée en mâle dominant. Elle avait mis un bandeau sur ses seins qui lui aplatissait la poitrine, s'était attaché les cheveux plaqués sur la tête. Elle avait enfilé un gode-ceinture aux dimensions énormes. Enfoncé en elle, il lui écartait les lèvres au maximum. Chaque coup de reins de Déborah le faisait taper au fond de sa chatte. Les allers-retours produisaient leur effet sur la jeune femme. La furie de sa partenaire lui tirait des larmes de bonheur, un peu de douleur peut-être, mais cela était vite oublié tant le plaisir était au rendez-vous. Le gode-ceinture pilonnait le sexe béant de Lisa. Jamais de toute sa vie elle n'avait été pénétrée par un tel diamètre, une telle longueur. Elle sentait sa vulve se dilater à l'extrême. Les sensations étaient à la fois délicieuses et ambiguës. Déborah ne retenait aucun de ses mouvements de hanches. Elle était comme possédée. Il était évident qu'elle prenait son pied à élargir ainsi le vagin de sa jeune collègue. Fred, qui se masturbait doucement, n'osait pas se mêler à ce coït. Voir la femme de sa vie se faire ainsi défoncer lui inspirait des sentiments contradictoires. Le fait qu'elle semble apprécier, dans une certaine mesure, le complexait quelque peu au vu de la taille du jouet utilisé par Déborah. Mais, comme il connaissait bien sa belle, il savait que leur plaisir n'était pas qu'une question de longueur ni de largeur. Le jeune homme trouvait cela vraiment incroyable de voir une femme, dotée d'attributs sexuels masculins en plastique, limer avec ferveur et virilité celle qui partageait son existence. Là où la jeune femme avait pu opposer une certaine forme de résistance au début, elle se donnait à présent entièrement. Les coups assénés par la belle queue en silicone se faisaient de plus en plus forts. Déborah fixait sa partenaire dans les yeux, espérant y lire une reddition, un renoncement. Rien de cela. Lisa serrait juste les dents, pour ne pas laisser ses cris stridents s'échapper. Son aînée lui parlait crûment, en lui labourant méthodiquement la chatte. Fred avait de nouveau une érection qui faisait se tendre son pénis devant lui, penchant légèrement vers la gauche. Sa complice, pour faire jouir sa femme, lui avait expliqué les grandes lignes de l'acte. Il demeurait donc sagement en retrait. Le spectacle de la vulve de Lisa lui provoquait une montée de désir de plus en plus forte. Tel un marteau-pilon, le gode-ceinture semblait vouloir défoncer l'utérus de Lisa. Celle-ci, à force de plaisir, de jouissance, semblait à la limite de perdre connaissance. Ses yeux restaient fermés. Elle encaissait les pénétrations profondes avec résignation. Déborah, se retournant vers Fred, avait un sourire satisfait. Discrètement, elle a fait signe au jeune homme de s'approcher, de se préparer. Dans un même élan, l'invitée s'est retirée du sexe qu'elle prenait, provoquant un bruit excitant émis par la jolie chatte de Lisa, pour laisser Fred venir entre les cuisses de sa compagne. D'un coup sec, il lui a enfoncé sa queue, la faisant tourner à l'intérieur. Il reprenait possession de cette vulve. Il a fourré sa belle comme jamais. Elle était abandonnée, ouverte, offerte, le sexe dégoulinant, presque fontaine. En équilibre sur ses bras, il la prenait comme il ne l'avait plus fait depuis longtemps. Méthodiquement, il faisait taper sa bite au fond de l'utérus. Les gémissements l'encourageaient. Il retrouvait la vigueur de ses vingt ans. Les coups de reins puissants le faisaient ramoner en profondeur ce vagin dans lequel il se sentait si bien. C'était doux, c'était chaud, un sexe vraiment accueillant qui faisait son bonheur depuis quelque temps déjà.

Pendant plus de quinze minutes, sans le moindre fléchissement, il a labouré ce sexe féminin dont il ne pouvait plus se passer. L'excitation était à son paroxysme. Une jouissance inouïe s'est emparée des deux partenaires. En osmose, ils ont crié ensemble, hurlé ensemble. Leur plaisir instantané leur a procuré un orgasme simultané, si rare ces derniers temps. Dans leur abandon, le couple avait complètement oublié Déborah. Le jeune homme a libéré sa belle de ses liens, lui caressant au passage sa belle vulve toute gonflée. Lisa était heureuse de retrouver sa liberté de mouvement. Tous deux cherchaient du regard leur invitée. Ils écoutaient. Rien, pas un bruit n'émanait du salon. Sortant de la chambre, ils se sont aperçus que leur partenaire d'un soir s'était évaporée. L'espace d'un instant, ils se sont demandé si ce n'était pas qu'un rêve. À force de fantasmes, n'avaient-ils pas fini par se créer un monde virtuel, pour pimenter leurs ébats ? Fred, regardant la femme de sa vie, s'est dit qu'en tout cas, il avait aimé ce moment à deux. Plus la moindre trace de Déborah, si ce n'était les trois coupes de champagne posées sur la table basse. Il y avait donc bien eu une troisième personne pour les accompagner aux confins de la jouissance. Cette dame, belle, élégante, qui se muait le temps d'une soirée en un être à la sexualité débridée tellement orgasmique. Dans sa grande délicatesse, la quinquagénaire s'est éclipsée, sans un mot, pour laisser le jeune couple prendre tout le plaisir auquel elle a su les conduire. Cette femme d'expérience était tellement différente de tous les partenaires qu'avaient pu avoir Lisa et Fred. Avec elle, ce n'était pas juste du sexe, c'était bien plus que cela. Dans les bras l'un de l'autre, les deux jeunes gens se sont fait la promesse de donner une nouvelle orientation à leur vie sexuelle, pour s'ouvrir de nouveaux horizons. Cette soirée leur avait permis de découvrir leurs véritables désirs. Ils ne souhaitaient plus se cantonner à rechercher la jouissance, mais des orgasmes explosifs. Des feux d'artifice. Pour cela, il allait falloir rencontrer d'autres personnes, toujours nouvelles. Déborah leur avait démontré qu'une rencontre unique, éphémère pouvait être plus intense que n'importe quelle autre. Il y avait dans ce genre de plan cul une sorte d'urgence, un sentiment de fragilité, l'impression d'être au bord de la rupture, pour sentir les véritables vibrations de son corps.

Chapitre 7

Une nouvelle philosophie

Pour Lisa et Fred, après la soirée délicieuse passée en compagnie de Déborah, plus rien n'a été pareil. Bien sûr, ils ont continué à pimenter leur vie sexuelle, en incorporant savamment des partenaires extérieurs dans leurs ébats. Mais, plus encore que par le passé, ils étaient devenus exigeants sur les critères recherchés. Leur épanouissement est devenu complet. Dans leur vie intime, ils ont ressenti une véritable différence. Les nouveaux horizons ouverts leur apportaient des plaisirs d'une intensité inégalée. Depuis la rencontre avec la collègue de la jeune femme, ils parvenaient à chaque coït à des orgasmes qu'ils n'avaient jamais ressentis auparavant. Les hommes et les femmes avec lesquels ils avaient des rapports sexuels étaient des experts dans leur domaine. Les rendez-vous se faisaient moins nombreux, mais beaucoup plus qualitatifs. Les partenaires faisaient partie d'une sorte de réseau secret, uniquement destiné aux initiés, dans lequel Déborah avait permis d'entrer au jeune couple. Lorsque les deux femmes s'étaient revues, à la suite de leur soirée inoubliable, Lisa avait juste soufflé un « merci » à l'oreille de sa collègue. Cette dernière, pour toute réponse, lui avait souri, en lui glissant dans la paume de la main un petit morceau de papier. Dessus était simplement inscrit un numéro de téléphone, ainsi que ces quelques mots : « Laissez-vous guider ». Jamais les deux femmes n'ont reparlé de leur soirée. Lisa savait qu'il s'était passé quelque chose de spécial ce soir-là. Déborah n'avait jamais rien raconté à personne, elle qui, d'ordinaire, aimait étaler ses frasques sexuelles devant un public de collègues qui n'attendait que cela. Par la suite, elle avait repris ses activités, ses récits. Comme avant. Lisa, ne sachant trop à quoi s'attendre avec ce numéro communiqué par son aînée, doutait si elle devait en parler à Fred avant d'appeler. Ou appeler, et voir ensuite ce qui se passerait ? Elle était dans l'expectative. La perspective était excitante, mais la part d'inconnu demeurait un paramètre contradictoire. Ce dont était certaine la jeune femme, c'était de ne plus vouloir continuer comme avant, pas plus que de retourner dans des clubs glauques, où des pervers ne venaient que pour la recherche de leur plaisir, sans se préoccuper le moins du monde de leurs partenaires. La formule en trio leur convenait très bien. Une évolution s'imposait néanmoins. Lisa, déterminée à ne pas trop attendre, a fait le choix d'appeler d'abord seule. Elle aviserait ensuite. Un peu tendue, elle écoutait les sonneries s'égrener. Elle allait raccrocher, lorsqu'une voix masculine grave, suave, s'est fait entendre à l'autre bout du fil. L'homme s'est présenté, la jeune femme également. Il lui a demandé de quelle manière elle s'était procuré son numéro. En peu de mots, Lisa lui a expliqué. Direct, le monsieur est entré dans le vif du sujet. La belle écoutait attentivement cette voix envoûtante, très agréable. En quelques minutes, il lui a exposé qui il était, ce qu'il faisait, comment il le faisait, lui demandant à l'issue ce qu'elle en pensait. Il lui a notamment expliqué qu'il n'y avait pas la moindre forme d'obligation, de contrainte, ni d'aspect financier dans cette démarche. Il ne s'agissait que d'explorer les limites de la véritable jouissance de chacun. La démarche était uniquement sexuelle, avec un soupçon de spiritualité pour en comprendre les mécanismes. La jeune femme ne savait trop que penser de ce qu'elle venait d'entendre, d'autant que l'homme lui laissait toute liberté de venir à un premier rendez-vous en compagnie de l'homme de sa vie, ou seule. À la fois sur la réserve et excitée, elle notait avec application les coordonnées que lui communiquait le monsieur pour la première rencontre. Il a tenu à lui préciser qu'il n'y aurait pas forcément de connotation sexuelle dans ce premier contact. Ce serait à elle, et à elle seule de décider du déroulement de ce rendez-vous. Dans son esprit, elle se préparait mentalement comme si elle allait faire des examens médicaux, voire une séance de psychanalyse. La voix posée de son interlocuteur allait complètement en ce sens. Il a donc été prévu de se retrouver dès le lendemain soir, dans un parc du centre-ville. Le monsieur a ainsi précisé à Lisa que, chaque fois, ce serait dans un lieu différent. Elle comprendrait pourquoi lorsqu'ils auraient défini ensemble les orientations souhaitées. La difficile décision de ne rien dire à Fred avait été actée. L'homme, qui se prénommait Gary, avait tenu à rassurer la jeune femme, en lui précisant que, neuf fois sur dix, c'était la femme qui appelait, et venait seule à la première entrevue. Elle ne savait si cela devait la conforter dans son choix, mais elle assumait. Pour la mettre encore plus en confiance, le monsieur lui a assuré être un ami de longue date de Déborah. Dans une autre vie, il avait eu un métier qui l'avait amené à rencontrer sa collègue dans un cadre purement professionnel. Depuis, leurs relations avaient quelque peu évolué. Visiblement, il ne souhaitait pas s'étendre sur le sujet. Le soir, en retrouvant Fred, la jeune femme a ressenti une certaine gêne à lui cacher ce rendez-vous. Elle lui a simplement dit que, le lendemain soir, elle rentrerait tard, un dossier à traiter en urgence qu'elle devait boucler avec son équipe. Le jeune homme a acquiescé. Ce n'était pas inhabituel, donc rien de surprenant à cela. La journée suivante semblait traîner en longueur. Lisa avait beaucoup de mal à cacher son impatience. Elle avait opté pour une tenue classique, avec une jupe, un chemisier et des ballerines. Quoi qu'elle porte, elle était toujours élégante, ravissante. Déborah, lorsqu'elle l'avait croisée, lui avait adressé un clin d'œil complice. Donc, elle savait. La rencontre avec Gary s'est faite sur un banc, dans un parc public, un peu à l'écart des jeux pour enfants et des coins les plus fréquentés. L'homme était charismatique. Son physique était plutôt banal. Il se dégageait pourtant de lui quelque chose d'indescriptible. Son regard d'acier aimantait celui de son interlocutrice. Lisa avait ressenti une certaine gêne, les premières secondes, tandis que le regard masculin s'était posé sur elle. Ensuite, elle s'était laissé bercer par sa voix si douce, virile, avec cette petite pointe d'accent qui rajoutait encore au charme qui opérait déjà. La jeune femme l'avait écouté avec attention. L'intensité de ses mots, ses intonations lui procuraient des sensations étranges. Subjuguée, elle l'avait autorisé à poser sa main sur sa cuisse. Le contact l'avait fait sursauter. Elle ne parvenait pas à détacher son regard de celui de cet inconnu. Lentement, il lui suggérait des gestes, des attitudes. Sans même s'en rendre compte, elle lui obéissait. Le timbre de sa voix était si calme, si rassurant. Dans son corps, elle ressentait des fourmillements, des picotements. Elle se mordait les lèvres, comme lorsqu'on commençait à lui prodiguer des caresses intimes. Alors que la main du monsieur était restée sagement sur sa cuisse. Lisa ne comprenait pas ce qui lui arrivait. C'était comme si elle ne contrôlait plus rien. Gary ne lui avait rien fait boire, pas prendre la moindre substance. Il se contentait de fixer son regard, la forçant ainsi à ne pas détourner le sien. Physiquement, il ne se passait rien. L'un comme l'autre n'esquissait le moindre mouvement. Émotionnellement, la jeune femme passait par des phases d'une intensité très forte. Durant une trentaine de minutes, ils sont restés ainsi. Les paroles échangées étaient peu nombreuses. Pour un observateur extérieur, la scène aurait sans doute semblé étrange. D'ailleurs, elle était étrange. Cette femme et cet homme, assis sur un banc, presque face à face, les yeux dans les yeux, étaient restés immobiles tout ce temps. À l'intérieur, la jeune femme était en ébullition. Elle se sentait tout émoustillée, alors que, pour elle, il ne s'était rien passé de particulier. Gary a rompu le charme en retirant sa main de la cuisse de Lisa. Celle-ci a ressenti un frisson. Lentement, il a recommencé à lui parler, lui décrivant ce qui venait de se passer. Elle n'a pas tout saisi. Elle a retenu l'essentiel. L'inconnu devant elle lui demandait de revenir le voir une ou deux fois seule, avant que n'intervienne Fred dans l'équation. Encore sous le charme, elle aurait aimé poser des questions. Elle ne l'a pas fait. Elle a écouté, acquiescé, avant de se lever, imitant son interlocuteur. Gary lui a demandé son numéro de portable. Pour le prochain rendez-vous, fixé au surlendemain, entre midi et deux, il lui enverrait un SMS quinze minutes avant, pour lui indiquer le lieu exact. Elle ne devait en parler à personne pour le moment. Un climat de confiance devait s'instaurer entre eux. Sans plus d'explication, il lui a simplement dit que là, sur ce banc, sans le moindre contact physique, elle avait eu une forme d'orgasme. Honteuse, elle a immédiatement rougi. Il a souri, la rassurant, c'était le but. Cette première rencontre lui servait à définir la sensibilité de la personne. Elle restait interdite. Elle n'a même pas vu Gary s'éloigner. Elle aurait bien été incapable de dire de quel côté il était parti. C'était comme un fantôme, un rêve. Elle se demandait si Fred et elle n'étaient pas en train de perdre l'esprit depuis leur rencontre avec Déborah. Leurs fantasmes, leurs désirs les faisaient aller de plus en plus loin. La jeune femme n'en revenait pas d'être venue rencontrer un parfait inconnu dans un parc, sans savoir ce qui l'attendait. Elle ne le regrettait pas. Elle se sentait étonnamment bien. Elle souriait en repensant à l'orgasme qu'avait évoqué l'homme, se disant qu'il n'avait peut-être pas tort au fond. Ce premier contact avait suscité de la curiosité chez Lisa. Elle avait hâte de revoir Gary. Aussi s'était-elle lancée à corps perdu dans le boulot pour que le temps passe plus vite. Il y avait chez ce personnage une part de mystère qui donnait envie d'en savoir plus. Il ne fallait pas que Fred voie le moindre signe. Ce serait une surprise pour lui. Le jeune homme, pourtant, avait noté un changement chez sa compagne. Chaque jour, elle avait pour lui des attentions, des gestes qui provoquaient des réactions physiologiques instantanées. Le soir de la rencontre avec Gary, ils avaient fait l'amour avec une intensité incroyable. La jeune femme était déchaînée. Vers onze heures trente, le fameux jour tant attendu, une vibration a retenti. Lisa s'est saisie de son téléphone. Le message donnait juste une adresse. Ayant une séance de sport avant de reprendre le travail, elle avait opté pour une tenue adéquate. Ses formes étaient bien mises en valeur. Les hommes se retournaient sur son passage, des regards un peu plus appuyés que d'habitude. C'était à deux pas du bureau, la jeune femme a choisi de s'y rendre à pied. Tournant au coin de la rue pour rejoindre l'adresse indiquée, elle est tombée nez à nez avec Gary. Tout sourire, il a posé son index sur sa bouche. Interdite, Lisa s'est laissé mettre un bandeau sur les yeux.

Cette fois, il n'allait donc pas s'agir d'une séance comme la première fois. Le monsieur, la prenant par la main pour la guider, l'a fait entrer dans une pièce. Il faisait frais. Le fait de ne rien voir était à la fois angoissant et follement excitant. Une pointe d'inquiétude naissait cependant, lui occasionnant des crampes à l'estomac. Et si, par son audace, elle était tombée dans un réseau de prédateurs, dont Déborah était la rabatteuse ? L'homme lui avait demandé de s'asseoir. Elle sentait sa présence. Il semblait se déplacer tout autour d'elle. Elle imaginait son regard posé sur elle, sur ses seins, sur ses parties intimes. Elle écoutait le moindre son. Peut-être était-il en train de se masturber en la regardant. Peut-être y avait-il d'autres hommes présents. Elle était folle de venir ainsi à un rendez-vous, avec un parfait inconnu, dans un endroit qu'elle ne connaissait pas. Pourtant, il y avait, au fond d'elle, cette petite voix qui lui disait qu'elle pouvait lui faire confiance. Petit à petit, elle s'est détendue. Elle n'était pas pleinement rassurée, mais beaucoup moins inquiète. En elle, il se produisait des réactions inexplicables. Un désir profond s'était emparé d'elle. Son corps réclamait qu'on s'occupe de lui. C'était insupportable. Une véritable torture. En fait, Gary était un pervers de la pire espèce. Avec ses petits jeux, il rendait les femmes folles d'envie. Dans quel but ? Là était toute la question. Tous les sens en éveil, Lisa a senti un souffle chaud sur sa nuque. Quelque chose lui a effleuré la joue, délicatement. Une projection de gouttes d'eau fraîche est venue se déposer doucement sur sa brassière de sport. Une goutte, plus aventureuse que les autres, a glissé entre les deux seins de la jeune femme. La sensation ressentie était forte. La jeune femme était dans tous ses états. Avec le simple contact de l'eau, elle avait senti son entrejambe s'ouvrir légèrement pour s'humidifier. Cet homme était une sorte de magicien. Avec quelques suggestions, il savait que l'imagination de la jeune femme ferait le reste. Ce fut donc tout ce qui se passa. Gary s'est approché pour susurrer à l'oreille de Lisa qu'il était temps de se lever, pour vaquer à ses occupations. Lui tendant le bras, il l'a raccompagnée jusqu'au coin de la rue, lui retirant d'un seul coup son bandeau, pour disparaître subitement, lui précisant juste qu'ils se reverraient dans une semaine. En arrivant à son cours de fitness, la jeune femme était chamboulée par ce qu'elle venait de vivre, une expérience incroyable, hors du commun. Elle ne savait pas encore à quel point cette rencontre avec cet inconnu allait changer de manière radicale le sens de sa vie de couple, sexuelle, sentimentale. Certaines positions adoptées lors des séances de sport de groupe pouvaient revêtir un caractère sexuel parfois. Certains participants, un peu grivois, ne manquaient jamais de le faire remarquer, d'une manière peu discrète et peu élégante. Le coach était souvent obligé de rappeler à l'ordre ces élèves turbulents. Mais là, en l'occurrence, c'était les pensées de Lisa qui divaguaient. En prenant certaines positions suggestives, la jeune femme regardait avec insistance le sexe de celui qui leur donnait le cours. Elle ne l'avait jamais fait avant. Et là, tout à coup, voilà qu'elle l'imaginait la chevauchant, profondément ancré en elle. Elle avait énormément de mal à se concentrer. Attentive à tous les détails, auxquels elle ne prêtait aucune attention les autres fois, Lisa a ainsi vu avec précision, moulée dans un leggins super serré, la vulve gonflée de sa voisine de tapis. Celle-ci mouillait énormément entre les cuisses, laissant apparaître une auréole. Mais surtout, dans son axe, en regardant le coach, elle n'avait jamais regardé avec autant d'insistance le short d'un de ses collègues de bureau, qui venait pourtant à chaque séance en même temps qu'elle. Ce jour-là, elle en a appris beaucoup sur l'anatomie de cet homme qu'elle ne faisait que croiser dans les bureaux de sa société. Jeune, plutôt pas mal, pour elle, c'était un peu comme le prof de gym, elle ne lui prêtait guère d'attention. L'un comme l'autre n'avait rien qui puisse lui donner envie de le connaître mieux. Mais, là, elle ne pouvait détacher son regard de cette paire de couilles énorme qui pendait sur le côté du short. Elle avait failli éclater de rire, se disant qu'avec des couilles pleines comme il semblait avoir, il ne devait pas y aller bien souvent. Elle s'est fait la réflexion que c'était du gâchis. Il avait une belle queue qui, de temps à autre, manquait de sortir du vêtement de sport. Encore fallait-il qu'il sache s'en servir. Il ne semblait pas bien dégourdi. Une fois la séance terminée, Lisa a jeté un œil discret sur sa voisine de tapis, et sur son collègue, passant tout près du prof aux attributs duquel elle a consacré un dernier regard. Comme jamais, cette séance de fitness lui avait donné la pêche. Elle était dans une forme incroyable. Ce soir-là, ce serait la fête de Fred. Effectivement, ce fut le cas. Rentrés tôt du boulot tous les deux, ils se sont retrouvés à leur appartement. Lisa a dit à son homme qu'elle ferait bien une séance de sport. Intrigué, il lui a demandé si elle n'y était pas déjà allée à l'heure du déjeuner. Elle lui a répondu par l'affirmative. Il a vite compris la nature de l'activité. Lisa était à quatre pattes sur le tapis du salon. Nue. Cette vue magnifique a eu pour effet immédiat de déclencher une érection au jeune homme. Celui-ci a baissé son pantalon, son boxer, avant de venir enfoncer son sexe dans la chatte offerte de sa belle. Décidément, ces jours-ci, elle était demandeuse. Ce n'était pas pour lui déplaire. La soirée a été à la fois sensuelle et sexuelle. Le jeune couple est allé jusqu'à l'épuisement. Ils se sont endormis, tard dans la nuit, les jambes entrelacées, le sexe de Fred reposant contre la vulve trempée de sa partenaire. Nul doute que le réveil se ferait avec une ultime pénétration, avant la douche et le petit déjeuner, pour partir au travail du bon pied. Les rendez-vous avec Gary se sont succédé. Des étapes avaient été franchies. L'homme avait évoqué la venue prochaine de Fred. Il y avait clairement, maintenant, un caractère sexuel dans les rencontres avec cet inconnu. Là où, les premiers temps, il n'y avait que des paroles, des frôlements, des suggestions. À présent, les contours étaient clairement définis. Gary choisissait les tenues vestimentaires dans lesquelles la jeune femme devait venir le rejoindre. Surprise au début par les demandes de cet inconnu, elle avait choisi finalement de se laisser aller. Cela lui plaisait de plus en plus, même si, parfois, elle était quelque peu mal à l'aise lors de certains défis, comme il appelait cela.

Un jour, il lui avait ainsi indiqué un bus à prendre, à un horaire bien précis. Le moyen de transport en commun était bondé. Il lui avait précisé qu'elle devait rester dedans jusqu'au terminus. Elle avait trouvé une place contre une barre où elle se tenait tant bien que mal. Elle cherchait du regard Gary. Ne le voyant pas, elle s'est dit qu'elle devait certainement le rejoindre à l'issue de ce trajet qui ne s'annonçait pas très agréable. Il faisait chaud. Des personnes sentaient fortement la sueur. Voilà pourquoi elle évitait ce mode de transport. Et puis, il y avait ces regards vicieux, dans son décolleté, ou sur ses fesses. À la station suivante, un couple est monté. Elle n'y a pas prêté plus attention que cela. La place était de plus en plus restreinte. Elle se retrouvait comprimée contre sa barre de maintien. Elle était en petite jupe toute simple. Un chemisier légèrement ouvert laissait entrevoir sa jolie poitrine. Une tenue tout ce qu'il y avait de plus classique. Plongée dans ses pensées, elle n'a pas réagi immédiatement. Elle sentait nettement ce qui ressemblait fortement à un pénis se frotter contre ses fesses. Une femme, venue se positionner devant elle, empêchait tout mouvement. Celle-ci a juste chuchoté : « Gary ». Lisa a compris. L'espace d'un instant, elle avait envisagé de remettre en place le frotteur. En fait, il faisait partie du jeu. Son sexe dur était contre le postérieur de la jeune femme. L'attention ainsi détournée, la femme qui était venue se placer face à Lisa lui a glissé une main sous la jupe, entre les cuisses. Sans une hésitation, elle lui a enfoncé un doigt dans la chatte, le retirant aussitôt. L'homme, par ses mouvements de bassin, faisait remonter la jupe de la jeune femme. Une chaleur torride l'envahissait. Elle fermait les yeux. La femme complice de ce jeu lui passait le doigt légèrement enduit de mouille sur la joue, frôlant sa bouche, avant de le laisser descendre entre ses seins. Plus les arrêts se succédaient, plus Lisa était excitée. La femme devant elle s'était encore rapprochée, pour masquer ce que faisait l'homme au maximum de regards indiscrets. Il frottait sa verge avec de plus en plus d'insistance, une main sur la cuisse de sa victime consentante, l'autre glissée dans la culotte. Le petit jeu a continué, jusqu'à ce que, deux arrêts plus loin, le couple descende précipitamment du bus. Lisa était dans tous ses états. Elle regardait autour d'elle, avec cette impression terrible que tout le monde avait tout vu de ce qu'il s'était passé. Une gêne immense l'a envahie, la faisant rougir, tandis qu'elle remettait de l'ordre dans sa tenue. La jeune femme baissait la tête, honteuse d'avoir pris du plaisir à se faire caresser par un inconnu. Elle était impatiente d'arriver au terminus de la ligne, pour pouvoir enfin descendre. Cette expérience nouvelle était vraiment incroyable. Elle repoussait les limites que Lisa pensait être les siennes. Tour à tour, quand les mains de cet homme se sont glissées dans son intimité, touchant son corps avec fermeté et douceur, elle s'est sentie coupable. Elle aurait aimé réagir. Elle ne l'a pas fait parce qu'elle a accepté les règles implicites fixées par Gary. Jusqu'où allait-il la faire aller ? Y aurait-il seulement des limites ? Elle était dubitative. Toute à sa réflexion, Lisa ne s'est pas aperçue qu'elle était arrivée à destination. C'est la voix de Gary qui l'a tirée de ses pensées. Comme souvent, il arborait un sourire. Cet homme avait un comportement vraiment étrange. Il parlait peu, exigeait beaucoup, suggérait énormément. À bien y regarder, il était fin manipulateur. Il a invité Lisa à monter dans sa voiture. Il lui a simplement indiqué qu'il la raccompagnait. Aucun mot n'a été échangé pendant tout le trajet. L'ambiance n'était pas pesante, elle était plutôt indécente. Tous deux se regardaient à la dérobée, avec ces arrêts des yeux sur certaines parties de l'anatomie de l'un ou de l'autre. La jeune femme avait, à l'égard du personnage, des sentiments contradictoires. Elle aurait aimé lui dire des choses, lui confier ses sentiments, ses impressions. Elle savait que cela ne faisait pas partie de leur accord tacite. Elle se demandait si elle n'avait pas signé un pacte avec le Diable finalement. En la déposant, Gary lui a demandé de venir la prochaine fois accompagnée de Fred. Sans plus de précision, il s'est éloigné rapidement, comme à son habitude. Lisa était quelque peu rassurée de savoir que son compagnon allait enfin être au courant de ces rencontres. Cela la perturbait d'avoir dû lui cacher les rendez-vous précédents. Ce soir-là, en rentrant chez elle, la jeune et jolie jeune femme était encore sous le coup de l'émotion de ces mains inconnues qui avaient parcouru son corps. Cela lui rappelait trop ces soirées auxquelles elle avait participé, plus jeune. Cependant, les conditions n'étaient pas les mêmes. Elle n'avait pas été livrée à la perversité de plusieurs hommes. Ce fut une soirée tranquille pour le jeune couple, petit plateau télé, blottis l'un contre l'autre. Lisa avait juste glissé, au milieu de la conversation, qu'ils avaient une rencontre prévue le samedi soir suivant. Fred a acquiescé, sans poser plus de questions, ce qui arrangeait bien sa compagne que cela aurait embarrassée. Les jours ont passé. La jeune femme avait toujours, dans un coin de sa tête, ce qui lui était arrivé dans ce bus. Plus elle y repensait, plus elle se disait qu'elle avait aimé ça. Intérieurement, elle se traitait de salope. Elle se demandait surtout pourquoi Déborah lui avait fait connaître Gary. Le samedi soir, le couple s'est apprêté comme pour une sortie ordinaire. Gary n'avait donné aucun code vestimentaire. La jeune femme a donc opté pour une robe sexy, des bas, des talons hauts. Rien de très extravagant. Fred, quant à lui, avait fait le choix de la décontraction. Il portait un jean, une chemise, et une paire de mocassins. Le rendez-vous avait été fixé dans un bar branché. Il y avait une bonne ambiance, de la bonne musique. Lisa ne savait pas trop à quoi s'attendre. Elle redoutait un peu la réaction de son homme lorsqu'il découvrirait qu'elle connaissait déjà celui qu'ils allaient rencontrer. Surtout, il allait se demander pourquoi dans ce lieu, peu propice aux plans cul. Gary est venu les accueillir. Il s'est présenté rapidement au jeune homme, faisant mine d'en faire de même avec Lisa. Celle-ci lui en a été reconnaissante, cela lui éviterait d'avoir à fournir des explications, qu'en l'état actuel des choses, elle serait bien incapable de fournir. Instantanément, elle s'est détendue. L'homme qui les avait conviés leur a demandé ce qu'ils souhaitaient boire, les invitant à s'installer sur une banquette où se trouvaient déjà deux femmes. Lisa et Fred ne leur ont pas prêté plus d'attention que cela, les saluant juste au passage. Ce qui a été plus surprenant, c'est qu'à son retour, Gary s'est installé d'autorité entre ses deux invités. Il a levé son verre pour trinquer, lançant un « profitez de votre soirée » qui a surpris Fred. Il se demandait ce qu'il faisait là. La voix de cet homme avait des tonalités étranges. Ces quelques paroles avaient éveillé chez lui une sorte de malaise. Son regard cherchait sa belle, mais l'homme se faisait un malin plaisir à les empêcher de communiquer. Quelque peu contrarié par la situation, le jeune homme s'impatientait. Il n'avait pas observé le manège des deux dames assises sur la même banquette qu'eux, trop absorbé par ce début de soirée bizarre. Aussi, lorsque l'une d'elles s'est approchée de son oreille pour la lui mordiller, il a eu un léger mouvement de recul. Dans le même temps, il a senti des ongles lui gratter doucement l'avant-bras, de l'autre côté. Il a alors pris conscience que les deux femmes étaient assises de part et d'autre de lui, une grande rousse et une petite blonde. Il se dit que c'était encore une surprise de la femme de sa vie. Une soirée trio avec deux inconnues rien que pour lui. S'abandonnant doucement à la douceur des caresses et des baisers de ses deux nouvelles amies, Fred a fermé les yeux, poussant un soupir de contentement. Que ce soit celle avec ses ongles, ou celle qui maintenant jouait avec sa langue, les deux savaient parfaitement trouver les points stratégiques pour provoquer le bien-être chez le jeune homme. Il s'était rarement senti aussi bien. La soirée commençait bien. Directives, les deux représentantes de la gent féminine se frottaient contre le corps de mâle à leur disposition. Tous trois ont échangé des baisers d'une sensualité déroutante. Les mains se sont faites baladeuses, avec toujours ces ongles qui grattaient, procurant des sensations uniques. Fred sentait son sexe de plus en plus à l'étroit dans son pantalon. Ces femmes étaient démoniaques. En quelques minutes, elle avait créé chez lui un désir irrésistible. La manière dont elles s'étaient installées lui interdisait tout mouvement. Il était leur prisonnier. Plus que consentant, il abandonnait toute velléité de se libérer. Plus rien n'existait autour. Fred en avait même oublié la présence de Lisa. La jeune femme était aux premières loges, pour voir son compagnon succomber aux caresses expertes de deux femmes qu'elle n'avait jamais vues avant, dont elle ne savait rien. Gary s'était éclipsé, pour finalement ne pas revenir. Lisa regardait avec insistance ces mains qui se posaient sur les parties les plus intimes de l'homme qui partageait sa vie. Elle savait qu'à ce moment précis, voyant la bosse dans son pantalon, s'il en avait eu la possibilité, il aurait sorti son pénis pour le proposer à ses deux partenaires de jeu. La jeune femme, à présent habituée aux jeux de Gary, savait qu'il s'agissait là encore de tests, pour définir les limites de son homme. Les deux femmes expérimentaient des techniques pour lui faire complètement lâcher prise. Il y avait de longues minutes que Fred n'avait plus rouvert les yeux. Il était comme dans un rêve. Tellement bien dans cet état second dans lequel il était plongé, il a mis plusieurs minutes avant de constater qu'il était seul sur la banquette, avec Lisa installée tout près. Chamboulé, il s'est redressé, gêné par son sexe en érection à l'étroit dans son boxer. Il a regardé sa compagne. À sa grande surprise, celle-ci arborait un sourire coquin. Le couple s'est alors levé pour quitter les lieux. Ils n'avaient qu'une hâte : rentrer chez eux. Ils couraient presque. En cet instant, leur seul objectif était une bonne partie de jambes en l'air. Fred se retenait de ne pas pousser sa belle sous une porte cochère, pour lui relever sa robe, lui écarter sa culotte, et la prendre contre le mur. Essoufflés, ils ont refermé en toute hâte la porte de leur appartement. Les vêtements ont volé dans tous les sens. Les mains de Fred ont saisi les hanches de Lisa. Il l'a collée contre le mur, plaquant ses lèvres sur les siennes. Leur état d'excitation était digne de celui d'adolescents qui découvraient la sexualité.

Ils se sont aimés avec fougue. La sensualité qui se dégageait de leurs ébats était juste magnifique. Ce soir-là, l'acte sexuel, qui s'est prolongé tard dans la nuit, a été d'une intensité rarement atteinte. Le couple était en parfaite harmonie. Leurs corps s'enchevêtraient, pour se séparer, et ainsi mieux se retrouver. Épuisés, ils ont fini par s'allonger côte à côte. Ils étaient comblés. Ils avaient joui à l'unisson, à plusieurs reprises. Leur plaisir s'en était trouvé décuplé. Aucun des deux ne voulait comprendre ce qui venait de se passer. Ils avaient juste envie de graver le souvenir de cette expérience dans leur mémoire, comme une vraie nuit d'amour. Les deux amoureux, rassasiés de sexe, se sont serrés l'un contre l'autre. Fred a juste remercié sa belle pour cette magnifique soirée, un peu étrange au début, explosive au final. Lisa lui a doucement expliqué qu'elle n'y était pour rien. Le personnage central de cette affaire, c'était Gary. Lui seul détenait les clés du mystère de cette réussite. Doucement, la jeune femme a alors dévoilé ces quelques rendez-vous des jours passés. Elle n'a omis aucun détail, surtout pas l'épisode du bus, mémorable. Elle avait conservé, dans un coin de son esprit, les sensations qu'elle avait éprouvées lorsque l'homme faisait rouler son sexe en érection contre ses fesses, un pur moment de légèreté. Fred, attentif, n'a pas interrompu sa compagne. Elle semblait revivre les événements en les racontant. Cela lui rappelait ce que ces deux femmes avaient fait de lui, pour le conduire à un état d'excitation tel qu'il avait eu avec la femme de sa vie le plus beau des orgasmes, un partage, un échange, pas juste du sexe, de l'amour. Avant qu'ils ne s'endorment, Lisa a précisé à son compagnon que, la prochaine rencontre, il devrait y aller seul. Elle lui a indiqué la marche à suivre, précisant qu'elle avait communiqué à Gary son numéro de portable, afin qu'il puisse lui envoyer les coordonnées du rendez-vous. Pour la première fois, depuis qu'elle voyait cet inconnu, elle se sentait frustrée d'être tenue à l'écart. Quelques jours plus tard, le jeune homme a reçu le fameux message l'invitant à se rendre dans un endroit inconnu. Il était à la fois impatient et inquiet, ne sachant pas trop à quoi s'attendre. L'adresse à laquelle il devait se rendre ne lui disait rien. Il verrait bien une fois sur place. Le mystère faisait partie du jeu. Une fois sa voiture garée, Fred a mis son GPS sur son portable pour arriver à destination. Il ne connaissait pas le quartier. Il y en avait pour dix minutes à pied depuis le parking. Il était un peu en avance. Il marchait donc tranquillement, bifurquant un coup à gauche, un coup à droite, empruntant à présent une ruelle déserte. Le jeune homme, concentré sur le trajet qui défilait sur son écran, n'a pas vu ni senti venir deux individus. Ces derniers étaient forts, déterminés. Ils lui ont mis une cagoule sur la tête, lui ont entravé les poignets avec des liens en plastique qu'ils ont bien serré, avant de le pousser sans ménagement dans un local. Apeuré, Fred n'osait rien dire. Il ne se débattait même pas. Lorsqu'il a senti des mains détacher son pantalon, le lui baisser ainsi que son boxer, il a tenté de résister. Il se retrouvait dans cet endroit, sans défense, avec deux inconnus dont il ne connaissait pas les intentions, dans l'impossibilité de fuir puisque son pantalon était sur ses chevilles. Le jeune homme tremblait. Il sentait juste des déplacements d'air, des souffles. Pas un mot, rien pour se rassurer, il se disait que cela devait faire partie du jeu. Seulement, il n'en était pas sûr. La cagoule l'empêchait de respirer correctement, il suffoquait presque. La panique commençait à s'emparer de lui. Le stress le gagnait. Ses émotions prenaient le dessus. Pourquoi l'avoir ainsi dévêtu ? Pour l'humilier ? Il ne comprenait pas jusqu'à ce qu'il sente une main ferme lui attraper les testicules. Il a d'abord cru que le but était de les lui broyer, avant de s'apercevoir que le geste était plutôt agréable. Des doigts sont allés et venus entre la base de ses couilles et son anus. Il redoutait une pénétration, mais le mouvement se contentait de caresser cet endroit qui constituait une zone érogène chez l'homme. En tout cas, c'en était une chez Fred, il l'avait découvert avec une partenaire, il y avait plusieurs années. Quelque chose d'humide a effleuré son gland, cela faisait une drôle de sensation. Cela ressemblait à une langue, mais il n'en était pas certain. Le long de son sexe était parcouru par une sorte de plume, qui lui procurait à la fois du désir, et une envie d'éclater de rire qu'il contenait. Il n'était pas vraiment en position de s'amuser. Plus rien ne s'est passé pendant de longues secondes. Fred sentait une présence, mais n'entendait pas le moindre bruit. Aucune porte ne s'était ouverte, aucun pas n'avait résonné autour de lui. Les individus se trouvaient donc toujours dans la pièce avec lui. Il était vraiment dans une situation qui ne lui convenait guère. Sans qu'il s'y attende, une bouche a saisi son pénis pour le sucer frénétiquement. Malgré son inquiétude, une érection commençait à monter. Il aimait ce contact humide sur son sexe. Il ne savait pas s'il s'agissait d'un homme ou d'une femme, mais c'était très agréable. Les caresses sous les testicules avaient repris. Le jeune homme ne parvenait pas à prendre autant de plaisir qu'il aurait voulu. Le fait d'être attaché, d'avoir une cagoule sur la tête aurait pu être excitant. Seulement, là, il ne connaissait pas les gens avec lesquels il jouait. Il ne savait même pas si c'était vraiment un jeu, ou si les personnes qui le retenaient allaient finir par le tabasser. Une main experte le masturbait à présent, quelques va-et-vient bien orchestrés, pour voir sa queue se dresser, un moment agréable pour Fred. Il attendait la suite des événements avec une certaine appréhension, mais également une excitation à l'idée d'un acte sexuel ou de caresses plus poussées qui le conduiraient à l'éjaculation. Tout à coup, plus rien. Une main ferme a fait se relever le jeune banquier. Il lui a remonté rapidement son boxer et son pantalon, pour le rhabiller à la hâte. Une deuxième personne est venue le prendre sous les aisselles pour le pousser sans ménagement. Fred s'est retrouvé propulsé en avant, ses liens coupés d'un coup, sa cagoule retirée. Il était hébété. Il se retrouvait au milieu d'une rue, les yeux hagards, encore tout chamboulé par ce qui venait de se passer. Il a senti que quelqu'un l'observait. Il s'est retourné pour voir Gary s'approcher de lui. L'homme tenait un petit papier à la main, qu'il a glissé dans la poche de chemise du jeune homme, en s'éloignant rapidement, sans un mot.

En rentrant, Fred a raconté ce qu'il s'était passé. Il ignorait complètement si les personnes qui l'avaient enlevé étaient des femmes ou des hommes, tant les choses s'étaient passées rapidement. Ses sentiments étaient ambigus, il avait eu peur, mais avait beaucoup aimé cette fellation et ces caresses qui lui avaient été prodiguées. La soirée a été très câline. Voyant la frustration de son homme de ne pas avoir pu décharger, Lisa s'est appliquée à le sucer plus passionnément que d'habitude. L'évocation de la manière de faire des inconnus qui avaient prodigué cette fellation à Fred avait déclenché chez la jeune femme un élan nouveau. Décidément, depuis qu'ils connaissaient Gary, leur vie intime s'était améliorée. Ils exploraient avec plus de volupté, de sensualité, de curiosité, les limites de leur sexualité. Ils s'apercevaient que, même s'ils n'avaient pas une vie de couple classique, ils étaient très loin d'avoir expérimenté tout ce qui pouvait conduire au plaisir. Se souvenant soudain du papier glissé par Gary dans sa poche de chemise, le jeune homme s'en est saisi, après un acte sexuel joliment abouti qui laissait le couple épuisé et heureux. Il y était juste inscrit leurs deux prénoms, avec la seule précision qu'ils ne devraient pas porter de sous-vêtements, ni l'un ni l'autre. Le rendez-vous était fixé trois jours plus tard, en soirée. Il ne restait plus qu'à connaître l'endroit, au dernier moment, comme toujours. Ce jeu amusait beaucoup Lisa et Fred. Leur quotidien n'était plus aussi cadré autour de rencontres en trio. La nouvelle donne était différente. Il n'y avait pas de réelle relation sexuelle à proprement parler lors des rencontres. C'était juste de la suggestion, des gestes savamment étudiés pour créer le désir. Le but était de faire renaître dans le couple une harmonie que les deux amoureux pensaient avoir obtenue, à force de soirées à trois. Gary était en train de leur prouver que ce n'était pas le cas. Ils commençaient juste à entrevoir les possibilités orgasmiques qui s'offraient à eux. Dans une autre mesure, Lisa avait une amie d'enfance pour laquelle l'amour tantrique était la plus belle source de plaisir au monde. Longtemps, la jeune femme avait pris son amie pour une excentrique, une illuminée. Aujourd'hui, l'expérience qu'elle vivait avec son compagnon, sous l'influence de Gary, était semblable à celle de cette fameuse copine. La jeune femme ressentait au fond d'elle un besoin de franchir des étapes. Elle désirait avoir la vie sexuelle la plus épanouie possible, avant, un jour sans doute plus si lointain, de songer à devenir mère. Alors, les choses ne seraient plus les mêmes. La vie, pour un temps au moins, redeviendrait celle de monsieur et madame tout le monde. L'aide de cet inconnu qu'ils avaient rencontrée par l'entremise de Déborah, cette collègue qui avait su voir en eux un couple fusionnel qui avait besoin de plus de jouissance, était bénéfique. Leur amour était une évidence pour tout le monde. Leur besoin d'amener d'autres partenaires dans leur vie intime l'était beaucoup moins. Lorsque le soir de cette nouvelle rencontre était arrivé, Lisa et Fred avaient été surpris d'entendre que le lieu de rendez-vous n'était autre que leur domicile. Ils attendaient donc, circonspects, la venue de Gary. Aucun des deux ne savait s'il viendrait accompagné ou seul. Le mystère était la base du travail que l'inconnu avait entrepris avec eux. Aussi, en ouvrant la porte, c'est avec surprise que le couple a découvert un homme jeune, beau, élégant, et une femme aux formes délicieuses, un peu à leur image. Comme si un miroir avait été déposé devant la porte, pour leur renvoyer leur propre reflet. Gary se tenait en retrait, observant les réactions suscitées. S'effaçant, les hôtes ont invité les inconnus à les accompagner jusqu'au canapé. La femme a pris la main de Fred pour le conduire plutôt vers la chambre. D'un seul coup d'œil, elle avait repéré les lieux. Elle a fait s'asseoir le jeune homme sur le bord du lit, le corps de profil par rapport au salon où se trouvait le canapé sur lequel venait de s'installer l'inconnu et Lisa. Le jeune homme, empêché de tourner le regard vers sa belle, entendait ses gémissements, qui étaient rapidement devenus des cris. Il était évident qu'elle prenait un plaisir immense en ce moment, alors que leurs invités n'étaient chez eux que depuis quelques minutes. Fred s'est demandé ce que faisait Gary pendant ce temps. Pendant plus de dix minutes, la jouissance de la jeune femme a été d'une intensité inouïe. Il y a eu un silence, avant qu'une explosion ne la fasse repartir de plus belle pour plusieurs minutes. Le jeune homme aurait aimé savoir ce qui avait provoqué ce double orgasme. La femme en face de lui l'obligeait à la fixer dans les yeux, sa tête emprisonnée entre des mains douces, mais fermes. Soudain, la jeune fille qui accompagnait Fred dans la chambre l'a fait se lever, pour lui baisser d'un seul coup son pantalon sur les chevilles. Elle a soulevé sa jupe, dévoilant une croupe de rêve, une vulve gonflée, humide. La verge du jeune homme s'est dressée instantanément. La fille est venue se positionner pour faire glisser en elle ce sexe raide. N'y tenant plus, Fred l'a empoignée fermement par les hanches pour la limer avec fougue. Elle avait ce genre de cambrures qui rendent un homme fou de désir, un corps fait pour le sexe. Elle s'offrait si joliment qu'il ne pouvait résister à s'enfoncer au plus profond de son utérus. Elle montrait sa satisfaction en poussant des petits cris aigus et puissants. Dans le salon, Lisa était assise sur le canapé, à côté de cet homme avec lequel, quelques minutes plus tôt, elle avait eu un rapport sexuel. Celui-ci lui masquait la vue en direction de la chambre. Discrètement, Gary avait rejoint le couple qui s'affairait sur le bord du lit. Sans brusquerie, il a écarté le jeune homme, le faisant se retirer, pour prendre sa place dans le sexe béant de l'inconnue. Fred a observé attentivement. L'homme n'a eu besoin que de quelques coups de bite bien dirigés pour faire grimper la jolie jeune fille aux rideaux. Lui avait réussi à la faire jouir, Gary lui procurait un orgasme qui ne s'arrêtait plus. Il jouait avec son sexe en elle pour la conduire à la limite de l'évanouissement. Aucun des coïts n'a abouti à l'éjaculation d'aucun des trois mâles présents. Le couple d'inconnus s'est retiré sur la pointe des pieds, refermant derrière eux la porte d'entrée, comme une jolie parenthèse. Pour une fois, Gary ne s'est pas évaporé. Il s'est assis sur le canapé, invitant Fred à le rejoindre, ainsi que Lisa. Le jeune couple a écouté avec attention l'homme qui les subjuguait. Il avait un pouvoir incroyable sur les gens. Jamais, de toute leur existence, Lisa et Fred n'avaient rencontré un personnage avec un tel charisme. Il détenait les clés de l'orgasme. Il venait de le prouver en quelques minutes. Calmement, posément, il a expliqué aux deux jeunes amoureux que le sexe était une alchimie, un ensemble de réactions physiques et chimiques qui, lorsqu'elles se conjuguaient parfaitement, amenaient les partenaires à prendre un plaisir intense ensemble. Tous les hommes et toutes les femmes n'étaient pas faits pour coucher ensemble. Le temps d'une bonne baise n'était pas non plus l'assurance d'un orgasme ni même d'une quelconque jouissance. Il fallait savoir observer l'expression corporelle de la personne avec laquelle on se livrait à un acte sexuel. La taille du sexe masculin n'était pas non plus le facteur déterminant pour provoquer le plaisir. Lisa l'avait senti en action en elle quelques minutes seulement. C'était comme si son corps prenait feu de l'intérieur, il lui avait fait monter instantanément la température. Il ne l'avait pas pénétrée profondément, pas brutalement, il lui avait juste fait glisser son sexe à l'intérieur de son vagin, comme personne ne l'avait jamais fait avant, pas même Fred. Le jeune homme, quant à lui, avait pu observer le savoir-faire de celui qui était leur mentor. Lorsqu'il l'avait remplacé dans la jeune inconnue, celle-ci s'était instantanément crispée, pour la faire crier sans qu'elle puisse arrêter, pendant tout le temps où il a été en elle. Il ne l'a pas défoncée ni limée comme un dingue, il a juste eu des mouvements de hanches appropriés, qui ont provoqué l'orgasme. Pour les rassurer, Gary leur a simplement dit que c'était au fil des années qu'il avait développé cette méthode infaillible pour prendre du plaisir à deux, à trois, ou en groupe, sans avoir besoin de recourir à de la violence ou à des pénétrations avec des sexes hors norme. N'importe qui, avec un sexe de taille raisonnable, pouvait obtenir un résultat satisfaisant. En y réfléchissant, Lisa se disait qu'elle aurait été bien incapable de dire de quelle taille étaient les deux pénis qui étaient entrés en elle ce soir. Cela la laissait pensive, remettant en cause certaines croyances, certaines pratiques qui faisaient certainement confondre douleur et jouissance. En se levant pour partir, Gary leur a simplement demandé s'ils étaient d'accord pour que ce soit lui qui mène le jeu de leurs ébats avec des inconnus. Plus jamais il n'interviendrait de manière physique, ils ne se reverraient sans doute plus. L'homme se contenterait de leur organiser des soirées avec des inconnus susceptibles de les mener à l'orgasme à coup sûr. Le jeune couple, enthousiaste, a simplement dit « oui ». Quelques jours avaient suffi à changer leur vision de la sexualité dans leur couple. Ils étaient sur le bon chemin, à la recherche de plaisirs et de jouissances intimement partagés. Tout à leurs réflexions, ils n'ont pas vu Gary partir. Ils n'ont même pas pu le remercier. Sans doute n'était-ce pas ce qu'il attendait d'eux. Cet inconnu avait fait irruption dans leur vie pour en disparaître aussi rapidement. Son passage avait été riche d'enseignements. À compter de ce jour, ils ne seraient plus les mêmes. L'expérience qu'ils allaient vivre, c'était comme un renouveau, une renaissance. Leur vie intime ne ressemblerait plus jamais à ce qu'elle avait été. L'enseignement principal pour Lisa avait été d'apprendre que, contrairement à ce qu'elle avait pu penser depuis qu'elle s'adonnait au sexe, elle n'était pas vaginale. D'ailleurs, selon Gary, aucune femme ne l'était. Le véritable déclencheur d'une jouissance hautement intense était le clitoris, il n'y avait qu'à regarder comment celui-ci était fait. Une véritable révélation qui changeait tout pour Fred. Il comprenait mieux, par conséquent, les mouvements de l'homme qui avait été leur instructeur lorsqu'il avait pris la jeune fille sur leur lit. Il avait fait danser ses hanches, pour faire glisser sa queue à des endroits bien précis du sexe féminin. Ce soir-là, curieux, Fred a recherché avec application les points qui provoquaient à sa compagne une jouissance plus ou moins intense. Il a exploré, titillé, frotté, pénétré sa belle différemment de ce qu'il pouvait faire d'habitude. La technique était à perfectionner, il a bien obtenu des gémissements, un ou deux petits cris, rien de fulgurant. Et comme on ne change pas du jour au lendemain, les deux amants se sont aimés frénétiquement. Fred a pris sa partenaire avec passion, lui faisant subir ses assauts pendant plusieurs heures, pour finir épuisés, lessivés. Le constat a été que le déclenchement systématique d'un orgasme allait demander de l'entraînement.

Chapitre 8

Une touche finale toute en sensualité

Les mois qui ont suivi ont été intenses. Gary sélectionnait un, voire deux partenaires pour le jeune couple par semaine. Les soirées, avec ces femmes et ces hommes inconnus, avaient une saveur particulière. La recherche de l'orgasme était le seul but de chacun des participants, féminin ou masculin. Lisa était aux anges, elle connaissait le plaisir intense, lors de coïts très sensuels, plutôt doux. Certains messieurs étaient de véritables experts pour provoquer la jouissance d'une femme, avec leur langue, leurs doigts, et leurs sexes. Fred, lui, se trouvait frustré de ne pas progresser aussi rapidement qu'il l'aurait souhaité. Quelques femmes qu'il avait rencontrées au cours de ces dernières semaines avaient tout fait pour le guider. L'une d'elles lui avait même enfoncé la tête dans sa vulve énorme, pour qu'il s'applique dans ses jeux de langue, ses mordillements, ses succions. Sa cyprine avait un goût très fort, elle était abondante, et la dame gourmande. Les échanges sexuels se passaient bien, avec des pratiques bi plus que satisfaisantes pour les deux jeunes amoureux. Lisa, pour la première fois de sa vie, avait accueilli en elle un pénis hors norme. Un peu réticente, elle avait immédiatement été mise à l'aise par le propriétaire du bel engin. Celui-ci s'était enfoncé en elle en douceur, jamais entièrement. Cet homme bien monté avait une pratique qui provoquait rapidement une jouissance irrésistible chez sa partenaire. Il ne pénétrait que la petite chatte, sauf si la dame lui réclamait d'être sodomisée. L'orgasme que la femme ressentait n'était pas dû à la taille de la verge, mais bien plus au savoir-faire. Fred, le soir après que l'homme était reparti, a été incapable de prendre sa belle. Il revoyait l'acte sexuel lent, sensuel, qui avait dilaté la vulve de manière assez importante. Lisa semblait avoir été comblée par cette pénétration qu'elle redoutait, et qui, pourtant, lui avait donné énormément de plaisir. Elle s'est juste blottie contre son homme. Sentant un malaise s'installer dans le couple, à cause du manque de confiance en lui du jeune homme, Gary a choisi de déroger un peu à sa règle. Un samedi soir, il a fait venir chez le jeune couple une nymphomane, insatiable, qui appréciait le sexe brutal, les pénétrations à la hussarde, les positions acrobatiques. La dame, pas farouche, aimait autant les chattes que les bites. L'important pour elle était de se faire démonter par-devant et par-derrière. Sa satisfaction résidait dans le fait de ne plus pouvoir s'asseoir, de ressentir des brûlures, de mouiller abondamment. Fred avait besoin de cela pour se rassurer, pour se sentir homme, viril, performant, endurant. La folle soirée a fait du bien au couple, qui a fini sur les rotules. La gourmande ne leur avait pas laissé le moindre moment de répit. Lorsqu'elle ne suçait pas la bite du jeune homme, elle léchait la chatte, mordillait le clito de Lisa. Elle s'installait toujours dans des positions mettant en valeur son cul et sa chatte pour se faire prendre sauvagement. Fred était heureux de ne pas devoir être dans le contrôle, il pouvait se lâcher, laisser libre cours à ses désirs les plus pervers. Sans aucune retenue, il fouillait leur invitée qui l'incitait toujours à aller plus loin, plus fort, plus vite. Plus le mâle se déchaînait, plus elle s'occupait avec ferveur de la jeune femme qu'elle mettait en transe. Il ne s'agissait pas là d'orgasmes véritables. Le plaisir était au rendez-vous, c'était évident, mais sous des formes diverses et variées. Au bout des ébats, Fred n'avait plus la moindre goutte de sperme à cracher, il était sec. Malgré une dernière fellation, il n'a plus réussi à faire se dresser sa queue. La nymphomane était contente, elle avait gagné par abandon. Lisa était rassurée, elle avait vu son homme donner la pleine mesure de ses talents de baiseur. La dame qui leur avait rendu visite, pourtant habituée à des actes sexuels avec des partenaires multiples, certains à la limite d'être des acteurs porno, avait été agréablement surprise par la fréquence atteinte au plus fort de l'action. Fred s'était transformé en marteau-pilon, lui labourant la chatte à un rythme plus que soutenu, accélérant son rythme cardiaque à la limite de la rupture. Son sexe s'était gonflé de sang, augmentant la pression, pour maintenir une érection plus dure que jamais. Pendant plus de vingt minutes, il n'avait pas lâché sa partenaire, lui défonçant méthodiquement le vagin. Lisa, elle, avait dû serrer les dents pendant ce temps. La dame qui se faisait prendre répercutait la puissance des pénétrations dans sa manière de bouffer la chatte de la jeune femme, lui enfonçant ses doigts au plus profond de son intimité, n'ayant de pitié pour aucun de ses orifices. Lorsqu'elle était allée se doucher, après le départ de leur invitée, Lisa se sentait comme si un groupe lui était passé dessus. Cela lui rappelait ses jeunes années, lors des soirées à partenaires multiples, dont elle ressortait souvent avec sa vulve très gonflée, démolie, déformée par des pénétrations parfois vraiment sauvages, violentes même. Le défi, pour les jeunes femmes comme elle, qui se rendaient dans ces soirées, était d'encaisser les coups de bite sans broncher. Certaines de ses copines étaient des recordwomen du sexe. Lisa n'était que dans la moyenne, subissant les assauts avec résignation, et parfois, chose rare, elle pouvait même y prendre du plaisir avec un homme plus doux. Cette parenthèse dans leur recherche du plaisir ultime passée, les rencontres se sont de nouveau succédé avec des partenaires différents, ayant tous des qualités pour conduire le couple à l'orgasme. Les progrès de Lisa et Fred étaient réels, ils savaient à présent mettre certains de leurs invités dans des états proches de l'extase. Gary, un jour, venant s'enquérir des bienfaits de sa thérapie, a simplement dit à Fred, qui le remerciait, qu'il avait appris à se servir intelligemment de sa queue. Le jeune homme, sur le moment, n'a pas complètement appréhendé cette notion. Plus tard, il a pris la pleine mesure des propos de son professeur, son mentor.

À partir de ce moment, fort de ce constat, chaque jour de rencontre a été la source d'un plaisir intense pour les deux jeunes amoureux. Ils avaient une complicité, une telle harmonie dans leur vie sexuelle qu'ils se sont posé la question de savoir si rencontrer d'autres partenaires était toujours aussi indispensable à leur équilibre. Cette révélation de leur véritable sensualité a été un déclencheur pour eux. Ils faisaient l'amour au moins trois fois par semaine, avec tendresse, passion, et une expérience nouvelle qui leur permettait, à présent, de déclencher leur orgasme simultanément. Les voisins devaient se demander ce que le jeune homme faisait à sa compagne pour la faire hurler ainsi. Parfois, c'étaient deux, voire trois orgasmes, d'une intensité allant crescendo, qui agitaient le jeune couple, pour les conduire dans des notes extrêmes, proches des plus grands chanteurs lyriques. La jeune femme a également appris, au fil des semaines, à jouir profondément lors des pénétrations anales. La vie intime du jeune couple, ainsi transformée, les a conduits à reprendre une sexualité à deux, sans plus intégrer de partenaire extérieur à leurs ébats. Lisa était de plus en plus coquine pour son homme, Fred de plus en plus enclin à rechercher des méthodes pour donner encore plus de plaisir à sa belle. Leurs projets se sont concrétisés les uns après les autres. Tous deux ont évolué dans leur profession, les obligeant à revoir leurs ambitions à la hausse. Déborah y était pour beaucoup dans la progression de Lisa. Les deux femmes travaillaient maintenant en étroite collaboration. Elles s'entendaient parfaitement. Une seule entorse a été faite à leur vie de couple en duo. Déborah, un jour, a demandé juste une faveur à Lisa. Elle voulait, maintenant qu'il maîtrisait le secret de l'orgasme à coup sûr, avoir avec Fred une relation intime. Ce serait la dernière fois, elle le promettait. Ensuite, le couple pourrait s'épanouir librement ensemble, rien que tous les deux. L'exigence de l'aînée des deux femmes avait été que la jeune femme soit absente. Déborah voulait profiter pleinement du travail qui avait été fait par son ami Gary pour conduire le jeune homme à être un partenaire exceptionnel, là où, auparavant, il était déjà plus que performant, un bon coup, comme on disait vulgairement. Pour la soirée, Lisa s'est organisée pour aller voir une copine qu'elle n'avait plus vue depuis trop longtemps. Elle faisait confiance à son homme, il allait lui raconter dans les moindres détails tout ce qu'il aurait fait avec la quinquagénaire. Après tout, sa collègue méritait bien une récompense pour leur avoir ouvert ces portes sur le plaisir intense. Fred est venu chercher Déborah devant les bureaux où elle travaillait en compagnie de Lisa. La jeune femme a déposé un baiser sur les lèvres de son homme, lui souhaitant de passer une bonne soirée. Un sourire s'est dessiné sur son visage, en regardant la belle femme qui se trouvait sur le siège passager.

S'éloignant à peine, Déborah a commencé à détacher son chemisier, avant de faire glisser sa culotte sur ses talons pour la retirer et la ranger dans son sac à main. Ça commençait bien pour le jeune homme, d'autant que celle-ci, à présent, avait entrepris de lui ouvrir la braguette pour faire sortir son sexe en passant ses doigts dans son boxer. Le regardant avec intensité dans les yeux, la dame lui a dit qu'elle avait une envie folle de le sucer, là, maintenant, pour voir si sa queue avait toujours aussi bon goût. Un peu gêné, il a eu un mouvement de recul, bien vite contré par la fermeté avec laquelle sa voisine de siège s'était emparée du sexe qui se dressait doucement. Le jeune homme avait du mal à se concentrer sur sa conduite. Sa partenaire de jeu mettait beaucoup de conviction à lui prodiguer une fellation qui lui faisait beaucoup d'effet. Il sentait sa verge gonfler au fur et à mesure des mouvements de bouche de la belle dame, qui lui massait les testicules avec douceur. Retirant sa bouche du sexe masculin, elle est venue embrasser à pleine bouche Fred, qui sentait une grande excitation s'emparer de lui. Il avait hâte d'arriver à leur nouvel appartement, à quelques rues d'ici. La dame se faisait provocante, lui montrant ses seins magnifiques, se doigtant pour lui faire goûter sa mouille. Elle lui disait qu'ils allaient bien s'amuser, ils allaient prendre leur pied comme jamais, ni lui ni elle, ne l'avaient pris avant aujourd'hui. Le jeune homme était tout tremblant. Il ressentait du désir pour cette femme, qui le provoquait en prenant sa main pour la glisser entre ses cuisses. Son sexe était humide, il réclamait qu'on s'occupe de lui. La voiture s'est engouffrée dans le parking souterrain de la résidence où vivait à présent le couple pour s'immobiliser sur la place correspondant au numéro de leur appartement. N'y tenant plus, il a fait le tour du véhicule, pour aller ouvrir la portière à Déborah, et la faire descendre promptement. Sans hésitation, il a caressé ses seins sortis de son chemisier, pour s'accroupir, aller enfouir sa tête entre les cuisses de la dame qui n'attendait que cela. Elle écartait les jambes, pour le laisser bien lui bouffer la chatte. Ses gémissements montaient en intensité, le jeune homme s'appliquant à jouer avec sa vulve et surtout son clitoris. Fred était en pleine action, lorsqu'une voiture est venue se garer deux places plus loin. Il avait la bouche pleine de la mouille de la belle femme qu'il léchait avec délectation. La femme, qui est descendue du véhicule, a eu un regard outré, voyant Déborah, moitié dévêtue, avec cet homme, qu'elle connaissait de vue, le visage dans le sexe de celle-ci. Fort heureusement, la nouvelle arrivante ne s'est pas aperçue que le jeune homme n'avait pas remballé son sexe dans son pantalon. Il bandait bien dur, faisant se dresser sa bite devant lui. Déborah ne détachait pas son regard de ce bel engin qu'elle rêvait, depuis plusieurs jours déjà, de sentir en elle. Les progrès de Fred étaient indéniables. La dame s'abandonnait complètement à son partenaire, devenu un expert en langue fourrée et en titillement de clito. Elle se mordait les lèvres pour ne pas crier. Ce n'était pas l'envie qui lui manquait, mais elle voulait se réserver pour dans l'appartement. Avec empressement, Fred a poussé Déborah devant lui. Il n'avait pas l'intention de remettre son sexe dans son pantalon. Il se frottait à elle, lui glissant son pénis entre les cuisses, en continuant de lui caresser les seins, tout en empruntant l'ascenseur. L'impatience du jeune homme était manifeste, il avait très envie de sa partenaire. Les deux amants se sont empressés de refermer la porte derrière eux, une fois dans l'appartement. La dame a posé ses mains sur le mur, tendant son cul, jambes tendues, la jupe relevée. Elle se faisait provocante, cherchant à se faire lécher, caresser, doigter, puis pénétrer à de nombreuses reprises. Attrapant les fesses féminines à pleines mains, le jeune homme a enfoui son visage pour bien lécher la jolie petite chatte, mordillant au passage le clitoris, pour revenir titiller l'anus avec le bout de sa langue. La dame appréciait cette attention, destinée à la mettre dans les meilleures conditions pour la suite de la soirée. Avec son index, Fred jouait tantôt avec la vulve, tantôt le petit trou du cul qui commençait à se détendre doucement. Déborah était très réceptive aux caresses de son partenaire, elle ondulait du bassin pour accompagner les coups de langue gourmands. Un peu frustrée de ne pas pouvoir s'occuper du sexe masculin, elle s'est déplacée pour se mettre à quatre pattes sur le parquet. Elle a demandé à Fred de s'allonger sur le dos. Elle s'est tournée, de manière à pouvoir prendre la verge dressée bien en main, avant de la faire coulisser dans sa bouche, donnant des coups de langue qui plaisaient énormément au jeune homme. Sa chatte était au-dessus du visage de son amant, qui se régalait de cette mouille qui lui coulait sur les lèvres. Un doigt, puis deux, puis trois se sont enfoncés tout en douceur dans l'intimité de la dame, dont la position était idéale. Jouant à l'intérieur, à la recherche des endroits susceptibles de déclencher le plaisir chez sa partenaire, Fred repliait ses doigts pour les faire revenir à la base du clitoris. Les réactions féminines lui démontraient qu'il était sur la bonne voie. Tout en suçant avec application la bite de plus en plus raide, Déborah gémissait sous les caresses de ce jeune homme qui avait énormément progressé ces dernières semaines. Rien qu'avec sa langue et ses doigts, il l'avait amenée aux portes de l'orgasme, elle n'allait pas tarder d'exploser. S'il était capable des mêmes exploits avec sa queue, elle allait vraiment passer une excellente soirée. Vu son excitation, elle n'allait pas tarder à le savoir. Gary avait dit à son amie que le jeune homme avait appris la patience, sachant maintenant se servir de son sexe de manière plus efficace. Lorsqu'il est venu se positionner derrière Déborah, appuyant ses mains sur le bas de son dos, elle s'est cambrée un peu plus fermement. Il est venu la chevaucher, faisant entrer juste son gland dans le petit anus qu'il avait pris soin de dilater préalablement. Il a ressorti son pénis, pour le faire glisser entre les lèvres gonflées de sa partenaire. Elle remuait doucement son postérieur pour l'inviter à la prendre maintenant. Elle voulait voir si Fred allait, comme la fois précédente où ils avaient baisé ensemble, la fourrer profondément, lui tenant les hanches bloquées pour bien s'enfoncer en elle. Ou s'il allait prendre le temps de la limer à un rythme lent, en faisant travailler sa bite dans son utérus. Lorsqu'il l'a pénétrée, elle a su immédiatement que cet acte sexuel allait être formidablement bon. Il faisait entrer son sexe jusqu'au fond de la petite chatte bien mouillée, pour venir presque ressortir, avant de rentrer à nouveau très lentement, frottant en même temps contre le clitoris bien gonflé. De petits cris commençaient à échapper à Déborah, qui tendait son cul avec envie à cet homme qu'elle appréciait beaucoup comme partenaire. Lorsqu'il a accéléré le rythme des pénétrations, Fred a continué à s'appliquer, sa partenaire s'abandonnait complètement, il lui avait attrapé les seins pour les caresser dans l'action. À plusieurs reprises, il lui a mis des coups de bite puissants, les coups de reins se faisant énergiques. Elle aimait bien cette alternance entre douceur et virilité un peu brutale. En fait, avec Fred, ce qu'elle aimait, c'était sa fougue. Les orgasmes, c'était bien, mais se faire défoncer procurait souvent d'autres sensations tout aussi agréables. Dans un coin de son esprit, elle savait qu'elle allait le laisser mettre en application ce que Gary lui avait démontré comme étant le secret pour des orgasmes multiples, coordonnés entre les deux partenaires, et surtout systématiques. Cependant, pour sa satisfaction personnelle, elle allait tout faire pour qu'il lui démonte le cul et la chatte. Après tout, ce serait probablement la dernière fois qu'ils auraient l'occasion de baiser ensemble, il fallait bien qu'elle y trouve une vraie compensation. Par la suite, Lisa serait la seule à profiter de cet amant passionné. Elle méritait bien une récompense pour avoir permis à ce joli petit couple de trouver le chemin du plaisir véritable. Les orgasmes puissants se sont succédé, survenant dans une excitation extrême des deux amants, la dame se retrouvant tantôt à genoux, tantôt sur le dos cuisses écartées, tantôt debout contre le mur. Allongée sur le dos, Fred sur elle, Déborah lui a chuchoté à l'oreille ce qu'elle désirait à présent pour bien finir leur soirée. Étonné, il s'est redressé, ne sachant trop s'il devait prendre au sérieux cette demande. Il a lu dans les yeux de sa partenaire qu'elle était bien décidée à obtenir ce qu'elle souhaitait de lui. La belle femme, qui avait pourtant déjà eu sa dose de sexe, de sperme, en redemandait. Elle exigeait même qu'il la pilonne sans la moindre retenue. Sans ménagement, puisque c'était ce qu'elle voulait, il l'a retournée pour la mettre à plat ventre sur le lit, lui glissant deux oreillers sous le ventre pour la surélever un peu. Frottant son sexe contre son anus, il lui a demandé une dernière fois si c'était vraiment ce dont elle avait envie. Le grand « oui » qu'elle a crié valait un accord. Dès lors, complètement libéré, Fred n'a plus eu la moindre pitié pour la dame qui poussait des hurlements de bête. Les coups de reins qu'il lui assénait étaient les plus puissants qu'il ait jamais fait subir à aucune femme. Plus elle criait, plus il y allait fort, la forçant à s'agripper aux draps pour ne pas être propulsée à chaque pénétration furieuse. Jamais, de toute son existence, la belle n'avait été enculée avec autant de conviction. Elle avait eu raison de le provoquer, elle se souviendrait longtemps de cette soirée. Elle le savait endurant, elle était loin de la vérité. Durant plus d'une heure et demie, il s'est déchaîné sur elle, lui ravageant le cul, avant de s'attaquer à sa chatte déjà très gonflée, toute rouge. Elle qui, pourtant, avait l'habitude des actes sexuels intenses, n'avait jamais connu un tel plaisir, une telle douleur à se faire démonter les deux trous par un mâle en rut. Fred était devenu un animal, il était revenu à des instincts animaux, bestiaux. Plusieurs fois dans l'action, la puissance des pénétrations avait envoyé Déborah plus haut que le septième ciel. Quand tout a été terminé, Fred est redevenu un homme doux, tendre, qui a invité sa partenaire à venir se blottir contre son torse. Déborah l'a embrassé tendrement, lui glissant juste un « merci » au creux de l'oreille. Cette soirée avait été une vraie satisfaction pour les deux amants. Ils savaient qu'ils ne feraient plus jamais l'amour ensemble. Il était déjà tard dans la nuit, Fred ne voulait pas laisser repartir Déborah à une heure si tardive, il lui a proposé de rester dormir. Elle a gentiment décliné l'offre, lui demandant juste de lui appeler un taxi pour rentrer chez elle. La place dans le lit était celle de Lisa, pas la sienne, elle ne voulait pas abuser. La séparation a été empreinte d'une certaine émotion, tous deux savaient qu''ils ne se reverraient probablement plus jamais. Après ce qu'ils avaient vécu ensemble, il était impossible de ne rester que des amis qui partagent un bon repas, passent une bonne soirée ensemble. C'était juste inconcevable à leurs yeux. Lorsque la porte s'est refermée sur Déborah, une larme s'est invitée au bord des yeux du jeune homme. Ses sentiments étaient contradictoires. Il était à la fois heureux de retrouver Lisa, qui allait arriver bientôt, à la suite du message qu'il venait de lui envoyer, et triste que cette aventure avec la belle Déborah se termine. L'entrée dans l'appartement de sa compagne a fait s'envoler tous les doutes, toutes les incertitudes qui pouvaient encore tirailler Fred quelques instants plus tôt. Il aimait cette femme plus que tout au monde. Ils avaient eu besoin de vivre des expériences pour s'épanouir dans leur vie sexuelle. Désormais, ils avaient atteint une certaine forme de sérénité, de maturité qui leur permettait de voir l'avenir différemment. La semaine passée, Lisa avait même évoqué très sérieusement la possibilité de devenir parents. Fred ne l'avait pas montré tout de suite, mais il était le plus heureux des hommes. Un enfant serait la concrétisation de leur amour, pour les amener vers une nouvelle existence dans laquelle ils seraient toujours un couple, avec des désirs, une vie sexuelle, mais aussi des parents, avec toutes les responsabilités que cela imposait. Se regardant dans les yeux, ils savaient qu'ils étaient prêts à franchir le pas. Ils ne se sont pas promis de ne plus jamais intégrer un autre partenaire dans leur vie intime. Ils ont juste pris la décision de fonder une famille, de construire une vie harmonieuse, laissant derrière eux un pan de vie qu'ils ne regrettaient absolument pas. Le sexe tenait une part importante dans leur vie de couple. Ils avaient découvert le plaisir ultime, qu'ils cultiveraient dans leur petit jardin, tous les deux. Les amis d'hier ne seraient probablement plus ceux de demain, il fallait savoir couper certains ponts, pour en construire d'autres. Le choix le plus radical a été de changer de région, pour rendre les choses moins difficiles à tout le monde. Lorsque Lisa a annoncé son départ à Déborah, elle a lu une grande émotion sur le visage de sa collègue. Les deux femmes se sont serrées dans les bras, fort, sachant que la décision qui avait été prise était la bonne. Ces adieux ont été poignants, presque déchirants pour ceux qui y ont assisté.

Pour le couple, cette fin n'était que le début d'une belle aventure. Le commencement d'une vie à deux dans laquelle ils allaient s'appliquer à faire du plaisir le fil conducteur de leur intimité. Pour les autres, ils seraient deux amoureux comme les autres, soudés, fusionnels, tournés vers la réussite de tous leurs projets.

Fin

Biographie

L'écriture fait partie de mon ADN. Profondément ancrée en moi, la littérature est l'activité qui sert de fil conducteur à mon existence depuis mes seize ans. Ayant exercé de nombreuses activités professionnelles purement alimentaires, je ne désespère pas de vivre un jour de ma plume. Heureux en amour depuis trente ans, père de deux grands garçons de 24 et 20 ans, dont je suis fier, j'aime avoir cette vie parallèle que me procurent les protagonistes de mes ouvrages. Publiés à quatre reprises, mes livres n'ont pas rencontré le succès escompté. Je continue donc à travailler, explorant divers univers, pour trouver la clé du succès. En attendant, je profite de la vie. *Carpe diem !*

Mentions légales

© Libertine Editions 2021

ISBN : 978-2-37780-589-1

Libertine Editions
2 rue Abbé Grégoire
17 000 La Rochelle

Site Internet : www.libertine-editions.fr

Dépôt légal février 2021

« Le Code de la propriété intellectuelle interdit les copies ou reproductions destinées à une utilisation collective. Toute représentation ou reproduction intégrale ou partielle faite par quelque procédé que ce soit, sans le consentement de l'auteur ou de ses ayants droit ou ayants cause, est illicite et constitue une contrefaçon, aux termes des articles L.335-2 et suivants du Code de la propriété intellectuelle. » aiment

Achevé d'imprimer chez SoBook le 04-02-2021

Linselles - France

N° impression : 677 555